Sissi Flegel
Lichterglanz und Weihnachtsflirt

Diese Liebesgeschichte hat 24 spannende Kapitel. Als Adventskalender verkürzen sie die Wartezeit bis Weihnachten. Jeden Tag vom 1. bis 24. Dezember kannst du die Seiten eines neuen Kapitels öffnen. Mit einem Lineal oder einem Brieföffner funktioniert es besonders gut. Viel Spaß dabei!

cbj

Foto: © privat

DIE AUTORIN

Sissi Flegel hat alles erlebt, was man erleben muss, um Kinder- und Jugendbücher zu schreiben. Sie kommt aus einer Großfamilie, ging auf ein Mädcheninternat, studierte Sprachen und arbeitete als Lehrerin, bis sich ihre Erfahrungen verselbstständigten und in Büchern materialisierten. Ihre witzigen Mädchenbücher sind Bestseller und ihre Fangemeinde wächst ständig. Um näher an den Alltag zu kommen, entstehen ihre Mädchenbücher meistens vor Ort.

Von Sissi Flegel ist bei cbj außerdem erschienen:

Wintertraum und Weihnachtskuss (40158)
Weihnachtsglanz und Liebeszauber (40252)
Engelskuss und Weihnachtstraum (40310)

Sissi Flegel

Lichterglanz und Weihnachtsflirt

Eine Liebesgeschichte in 24 Kapiteln

Mit Illustrationen
von Dagmar Henze

cbj

Dieses Buch ist auch als E-Book erhältlich

MIX
Papier aus verantwortungsvollen Quellen
FSC® C083411
FSC www.fsc.org

Verlagsgruppe Random House FSC® N001967

1. Auflage
Erstmals als cbj Taschenbuch November 2016

Umschlag- und Innenillustration: Dagmar Henze
Umschlaggestaltung: °zeichenpool, München
kk · Herstellung: AJ
Satz: Uhl + Massopust, Aalen
Druck CPI books GmbH, Leck
ISBN: 978-3-570-40346-4
Printed in Germany

www.cbj-verlag.de

1. Dezember

Es war der 1. Advent und die Stimmung war echt mies. Wie jedes Jahr feierten meine Familie und die meiner Tante Silvie diesen Tag gemeinsam. Und da kamen einige Leute zusammen: meine Eltern, mein zwei Jahr jüngerer Bruder Oliver, Tante Silvie, Onkel Heiner und ihre drei Kinder, die vierjährige Leni, Markus, der genauso alt war wie Olli, und Lukas, mit fünfzehn der Älteste unter uns Kindern. Ich selbst war dreizehn und Lenis Babysitterin. Olli und Markus gingen in die gleiche Klasse, saßen nebeneinander und waren, was Unfug betraf, ein berüchtigtes Team. Lukas nervte. Er war echt ätzend, weil er sich wahnsinnig wichtig nahm und so tat, als wäre er der Größte, aber sein Freund, der Oskar, war ganz normal und völlig in Ordnung.

Und so saßen wir also an diesem 1. Advent um den Tisch herum, tranken Tee oder Kaffee und aßen die ersten selbst gebackenen Plätzchen sowie den Marzipanstollen meiner Tante. Was die miese Stimmung betraft, so lag das zum einen daran, dass am Abend wie in jedem Jahr Opa (der Vater meiner Mutter) kommen und bis Silvester bei uns bleiben würde, was meine Ma immer nervte. Doch auch Markus und Olli ließen die Köpfe hängen. Ich selbst fand die ganze Aufregung ja ätzend. Du lieber Himmel! Es war doch nichts passiert!

Als hätte mein Vater meine Gedanken gehört, sagte er: »Es geht ja nicht darum, dass nichts passiert ist!«

Onkel Heiner, Tante Silvies Mann also, stieß den linken Zeigefinger in die Luft. »Wie konntet ihr nur auf eine so abartige Idee verfallen!«

»Genau!«, sagte Lukas mit vollem Mund. »War doch klar, dass man euch als Erste verdächtigt.«

Markus schüttelte den Kopf. »Stimmt nicht. Eigentlich konnte man uns nicht verdächtigen. Wir haben nämlich Einmalhandschuhe getragen.«

»Und woher hattet ihr die?«, wollte Tante Silvie sofort wissen. »Waren die geklaut? Ich hab nämlich keine Einmalhandschuhe; aus Gründen des Umweltschutzes trage ich nur haltbare. Also? Woher hattet ihr sie?«

Mein Bruder Olli kratzte sich hinterm Ohr. »Von Mama.«

»Du benutzt Einmalhandschuhe?« Tante Silvie war empört. »Beate, das hätte ich nicht von dir gedacht!«

»Tu nicht so, Silvie! Die nehme ich nur fürs ganz Grobe«, wehrte sich ihre Schwester, meine Ma also, und fuhr meinen Bruder an: »Einmalhandschuhe machen euch nicht unsichtbar, ihr Dussel! Man hat euch gesehen! Warum hat nicht einer Schmiere gestanden? Ich meine, das ist doch das kleine Einmaleins des Streichespielens, so was vergisst man doch nicht!«

Mein Vater haute die Hand auf den Tisch. »Ich bitte dich, Beate! Es geht um die Tatsache als solche!«

Typisch mein Vater. Er war Lehrer (leider, leider, leider!), allerdings nicht an der Schule, die wir vier besuchten. Im Gegensatz zu Tante Silvies Mann, der immer und überall Schwierigkeiten sah, brachte ihn so leicht nichts aus der Ruhe, aber das, was sich Olli und Markus geleistet hatten, ging ihm dann doch zu weit. »Sachbeschädigung, Polizei, Feuerwehr mit Blaulicht und Sirene – Kinder, das kommt uns teuer zu stehen. Weihnachtsgeschenke werden in diesem Jahr keine für euch unterm Baum liegen, dass das mal klar ist.«

Leni rutschte von meinem Schoß und lief zu ihrem Bruder. »Ich schreib dem Nikolaus, er soll dir wenigstens was Kleines schenken. Das macht der, wirst's schon sehen.«

Die Erwachsenen waren gerührt. »Du kannst doch noch nicht schreiben«, sagte ihr Vater.

»Aber malen«, entgegnete Leni selbstsicher. »Im Kindergarten haben wir Wunschzettel gemalt. Die haben wir in einen großen Sack getan, und den«, sie warf ihr dünnes Zöpfchen nach hinten, »holt der Nikolaus morgen. Weil – es fehlen noch ein paar Wunschzettel. Der Benni war krank, und der Philipp und die Anni auch.«

»Aha«, sagte ihr Vater. »Und du meinst, der Nikolaus erfüllt dir alle Wünsche, die du auf zwei Zettel malst? Ist das nicht ein bisschen viel verlangt?« Ich erwähnte es bereits: Lenis Vater sieht immer nur die Stolpersteine. Er ist so, niemand kann ihn ändern.

»Wieso? Auf dem einen Zettel stehen meine Wünsche, auf dem

anderen die von Markus. Olli, soll ich auch einen Wunschzettel für dich malen? Was wünschst du dir?«

»Was ich mir wünsche, kannst du gar nicht malen«, murrte er. »Ich wünsch mir Eltern, die ein bisschen Spaß verstehen.«

»Spaß?«, donnerte mein Vater. »Einen Feuerlöscher aus der Wandhalterung reißen und die Toiletten der Schule einsprühen! Das nennst du Spaß?! Dass ihr damit einen Feueralarm ausgelöst habt, ist wohl auch ein Späßchen, was?«

»Wir konnten doch nicht ahnen, dass ...«

Jetzt war wirklich der Teufel los. Von besinnlicher Adventsstimmung keine Spur, selbst die eine Kerze auf dem Kranz flackerte wie verrückt.

Leni zog mich vom Stuhl. »Kommst du mit, Mathilde?«

Keine Ahnung, weshalb mich meine Eltern auf den Namen Mathilde taufen ließen. Mathilde! Der Name war blöd, und jede Abkürzung war noch blöder als blöd: Hilde! Matti! Oder Tilde! Das ging gar nicht. Deshalb bestand ich auf dem ganzen Namen: Mathilde. Auch wenn der ellenlang war. Auf meiner persönlichen Werteskala von 1-10 rangierte der Name auf der 3.

Ich folgte Leni ins Kinderzimmer, wo wir uns auf das rosa Bänkchen setzten, das zu ihrem rosa Tisch gehörte. Für Leni war rosa die schönste Farbe, deshalb waren auch ihr Bett, der Schrank und die Kommode rosa, und sogar auf der Tapete tummelten sich rosa Häschen. Man gewöhnte sich daran.

Allerdings hatte ich neulich gelesen, dass die Farbe Rosa angeblich einen schlechten Einfluss auf kleine Mädchen ausübe – angeblich führe sie zur Unselbstständigkeit und totaler Anpassung.

Leni war weit davon entfernt, unselbstständig oder angepasst zu sein. Sie hatte zwei ältere Brüder und war seit ihrer Geburt darauf trainiert, sich gegen die Übermacht zu behaupten. Das gelang ihr spielend, obwohl sie Rosa über alles liebte. Für sie war die Farbe wahrscheinlich die einzige Möglichkeit, sich gegen ihre Brüder abzugrenzen.

Jedenfalls legte sie rosa Briefpapier (mit rosa Engelchen in der linken oberen Ecke) aufs Tischchen und stellte die Schachtel mit ihren

Buntstiften daneben. »Jetzt male ich den Wunschzettel für Olli.« Sie malte meine Eltern. Lachend. »Schreib: ›Das wünscht sich der Olli‹. Und dann malst du deinen Wunschzettel, Mathilde.«

»Nö«, sagte ich.

Leni sah mich ganz ernst an. »Dann bekommst du nichts. Willst du das?«

Ich schüttelte den Kopf. Natürlich hatte ich viele Wünsche; meine Eltern kannten sie. Ein paar davon würden sie mir vielleicht erfüllen: den angesagten Pulli aus der tollen Modeboutique in der Stadt. Die UGG-Boots. Das Kleid für die Schulparty im neuen Jahr. Aber was ich mir am meisten wünschte, konnten mir weder meine Eltern noch der Nikolaus schenken. Mein allergrößter Wunsch war nämlich … Also dazu gab es eine Vorgeschichte, und die ging so:

Im Frühjahr verliebte ich mich in Fritz Schloz aus meiner Parallelklasse. Fritz hatte Haare und Frisur wie Marco Reus, spielte wie sein großes Vorbild Fußball (nur nicht so gut) und war schulleistungsmäßig gesehen nicht gerade der Überflieger. Er war das einzige Kind ziemlich vermögender Eltern, die im Gegensatz zu meinen die Taschengeldfrage locker nahmen und ihm reichlich Knete zusteckten, was echt toll war: Noch nie hatte ich so viel Eis gegessen wie im letzten Sommer.

Wir waren unzertrennlich, bis ich merkte, dass ich einen humorlosen Spießer an Land gezogen hatte. Nur ein paar Beispiele: Wenn seine Mutter sagte: »Um 17 Uhr bist du zu Hause«, dann stand er fünf vor fünf auf der heimatlichen Matte. Wenn der Himmel bewölkt war, verbot ihm seine Mutter den Schwimmbadbesuch, selbst wenn schwüle 30 Grad herrschten. Als die Sommergrippe grassierte, musste er ständig Vitamintabletten schlucken – immer zur vollen Stunde. Du lieber Himmel …

An einem sonnigen windstillen Septembernachmittag tauchte er mit einem giftgrünen Wollschal um den Hals auf und behauptete, die kalte Jahreszeit sei im Anmarsch. Da hatte ich die Nase endgültig voll und machte Schluss.

Wer von uns sagte schon »im Anmarsch« und wer war schon so

Für dich
Für dich
Frohes Fest

Frohes Fest
Für dich

blöd und wickelte sich bei Freibadwetter einen Wollschal um den Hals?

Seitdem war ich ohne Freund. Das war natürlich echt doof, weshalb ich mir sehnlichst einen neuen wünschte. Aber Wünsche haben und sie erfüllt bekommen waren natürlich zwei Paar Stiefel. Obwohl ich mich seit September nach einem Freund umsah, war ich erfolglos geblieben. Die Jungs aus meiner oder der Parallelklasse fand ich kindisch und die aus den Klassen über mir nahmen mich nicht wahr. Und das, obwohl ich echt nicht übel aussah! Außerdem spielte ich Volleyball und ging in die WollAG (davon später mehr), war stellvertretende Klassensprecherin und wurde auch schon von ein paar der kindischen Jungs um ein Date gebeten. Die waren ja alle nett, das Dumme war nur, dass ich sie zu gut kannte. Wenn man jemanden sehr gut kannte, blieben einem natürlich auch die schlechten Seiten nicht verborgen. Und das wirkte nicht gerade als Liebeszauber.

»Schreib deinen Wunschzettel, Mathilde«, verlangte Leni. Sie war sehr energisch.

»Nein. Geht nicht.«

»Hier sind doch die Malstifte!«

»Der Nikolaus würde meinen Wunsch nicht verstehen, Leni.«

Sie runzelte die Stirn. »Die Kindergartentante hat gesagt, der Nikolaus versteht jeden Wunsch. Auch den, wenn man sich ein Baby wünscht. So wie die Edwina. Die wünscht sich einen Babybruder. Willst du einen Babybruder, Mathilde?«

Das hätte mir gerade noch gefehlt. »Nie im Himmel! Mir reicht mein Olli!«

»Dann schreib deinen Wunsch auf!«

»Du nervst, Leni.«

Das bekam sie so oft gesagt, dass sie es gar nicht mehr wahrnahm. »Schreib!«

Wir hörten Stimmen auf dem Flur, dann ging die Tür auf und meine Mutter streckte den Kopf ins Zimmer. »Wir holen jetzt den Opa vom Bahnhof ab, Mathilde. Kommst du bitte?«

»Sie muss noch ihren Wunschzettel für den Nikolaus schreiben«, sagte Leni zu ihr, und zu mir: »Du nervst, Mathilde. Nun mach schon!«

Ich griff nach dem erstbesten Buntstift, es war ein leuchtendes Grün, und schrieb:

Zu Weihnachten wünsche ich mir einen Freund, der cool und witzig ist und mir nicht auf den Geist geht.

»Bist du jetzt zufrieden?«, fragte ich, stand auf, knüllte das Blatt zusammen und versenkte die Kugel im Papierkorb. Der, natürlich, rosa war.

Im Flur nahm ich meine Steppjacke vom Haken, sagte Tschüss zu Tante Silvie und Onkel Heiner, sprang die Treppe runter und rannte Lukas um, der auf dem Weg zu seinem Freund Oskar war.

Der Nachmittag war ziemlich okay gewesen; auf meiner persönlichen Skala von 1-10 platzierte ich ihn auf der 5.

2. Dezember

Meine Eltern verdonnerten meinen kleinen Bruder zu zwei Wochen Hausarrest. Das ärgerte ihn natürlich, aber er regte sich noch viel mehr darüber auf, dass mein Vater von Ollis Klassenlehrer verlangte, die Jungs auseinanderzusetzen. Was die Spaßbremse natürlich sofort versprach.

Ich hatte das meiner besten Freundin Jenny genauestens berichtet. Die fand die Strafe völlig überzogen. »Kapier ich nicht. Als die Polizei anrückte und dann auch noch die Feuerwehr, war endlich mal was los. Wir alle waren doch froh, dass Olli und Markus den lahmen Betrieb hier aufgemischt haben, oder? Soll ich deinen Eltern eine Mail schicken? Du weißt schon, Mathilde: ›Ihr Sohn ist ein Held! Lassen Sie ihn frei oder wir wenden uns an Amnesty International …‹ So was in der Art eben.«

Ich redete ihr das aus, aber bei Jenny war man sich nie sicher. Deshalb warf ich gleich nach dem Mittagessen den Familiencomputer an. Der stand bei uns im Wohnzimmer auf einem Tisch neben dem Bücherschrank. (Ma, Olli und ich teilten uns diesen Familiencomputer, mein Vater hatte berufsbedingt einen eigenen). Jenny hatte Wort gehalten und keine Mail an Ma geschickt. Das konnte ich sehen, weil Mama ihr Mailprogramm offen gelassen hatte. Keine neue Mail. Aber ich hatte eine erhalten.

Vom Nikolaus.

Vom Nikolaus?

Wie bitte?

Was für ein blöder Joke.

Zuerst verdächtigte ich Markus. Der hatte auch zwei Wochen Hausarrest bekommen, starb garantiert vor Langeweile und vertrieb sich die Zeit mit Blödsinn. Dagegen sprach, dass ein Elfjähriger niemals solche Sätze hätte erfinden können, und einer wie Markus schon gar nicht.

Die Mail begann ziemlich altertümlich mit:

Liebe Mathilde!

Ruprecht, mein Knecht, hat heute Morgen die Wunschzettel aus dem Kasten geholt. Er nummeriert sie und legt sie nach Wünschen geordnet auf meinen großen Tisch. Auf dem Stapel »Freund gewünscht« lag Deiner zuoberst, und nachdem ich alle Briefe gelesen hatte, muss ich Dir leider sagen, dass Dein Wunsch ziemlich unbescheiden und kaum zu erfüllen ist. Nicht mal von mir, der ich doch im Bereich Wunscherfüllung an der Spitze der Weltbesten stehe.

Im Einzelnen:

In genau 22 Tagen ist Heiligabend. Das ist eine verdammt kurze Zeit, um einen Freund für Dich aufzutreiben, da dieser doch sicherlich das passende Alter haben soll – vermutlich +/- 15 Jahre?

Gut, in Feuerland, das sich am südlichen Ende der Weltkugel befindet, wüsste ich einen. Du willst aber nicht wirklich eine Fernbeziehung führen, oder?

Der Junge muss cool sein, schreibst Du. Cool … Da wo ich wohne, ist alles dauercool. Meine Hütte, mein Bett, meine Rentiere, mein Schlitten, mein Ruprecht – alles ist immer saukalt. Nur mein Ofen ist uncool.

Das haben wir also geklärt. Bleibt noch die Frage, ob Du Dir einen tiefgekühlten Freund wünschst. Ich vermute, das ist eher nicht der Fall. Und jemand, der immer kalte Hände hat, ist auch nicht zu empfehlen. Schreib mir bitte: Wie cool soll der Junge sein? Genauer: Was verstehst Du darunter?

Nun zum nächsten Kriterium:

Okay, ein Freund sollte witzig sein, schließlich laufen genug Leute herum, die einem das Leben verderben. Leider kann ich Dir diesen Wunsch nicht so ohne Weiteres erfüllen, denn humorvolle Menschen sind dünn gesät. Gut, der eine erzählt Witze, der andere lacht darüber. Aber ist das witzig? Oder humorvoll?

Trotzdem: Ich geb mein Bestes, liebe Mathilde!

Ja, und zuletzt wünschst Du Dir, das Prachtstück solle Dir nicht auf den Geist gehen. Das verstehe ich, denn mein Knecht, der Ruprecht, nervt mich manchmal bis zum Gehtnichtmehr. Und erst meine Rentiere! Wenn die ihren Dickkopf aufsetzen, lassen sie sich um nichts auf

der Welt vor den Schlitten spannen. In solchen Fällen röhren sie mir in die Ohren: Nikolaus, wir lieben dich. Aber heute gehst du uns gehörig auf den Geist.

Was ich damit sagen will? Immer mal wieder geht uns jemand auf den Geist. Das ist unvermeidlich, denn Menschen sind nun mal keine Engel. Aber auch mit denen ist's nicht einfach, glaub mir das, Mathilde. Ich spreche aus Erfahrung, schließlich bringt es mein Beruf mit sich, dass ich ziemlich oft mit Engeln zusammenarbeite. Die sind ja so was von empfindsam, Du glaubst es nicht!

Obwohl also Dein Wunsch so gut wie nicht zu erfüllen ist, geb ich mein Bestes.

Ich wünsche Dir fröhliche Adventstage und grüße Dich herzlich,

Dein Nikolaus

PS: Falls Du Dich für etwas Bscheideneres entscheidest, erreichst Du mich direkt und ohne Umwege über Engelsboten unter folgender Mailadresse:

One@t-online.de.

PPS: One steht für Rentierhausen, Nikolausweg 1

Bestimmt zehn Mal hatte ich die Mail gelesen, hatte mich gefragt, ob es sich um einen Irrläufer handelte – aber da war die Anrede »Liebe Mathilde« und im Text tauchte mein Name auch ein paarmal auf. Den Irrläufer konnte ich also ausschließen. Nach und nach stellten sich unter allen Fragen, die in meinem Kopf herumwuselten, die folgenden als die wichtigsten heraus:

Frage 1: Wer wusste von dem Wunschzettel, den ich in Lenis rosa Papierkorb geworfen hatte?

Frage 2: Wer hatte ihn herausgeholt?

Frage 3: Warum hatte er oder sie ihn herausgeholt?

Frage 4: Wer machte sich die Mühe, eine Antwortmail zu schreiben?

Frage 5: Warum kam es überhaupt zu einer Antwortmail? Was sollte damit bezweckt werden?

Den letzten Punkt hielt ich für den entscheidenden. Ich meine, man schreibt doch keine lange Mail, wenn einem nichts an dem liegt, der sie lesen soll, oder?

Auf keine Frage hatte ich eine Antwort, nur zwei Sachen waren sicher: 1. Es musste jemand sein, der meine E-Mail-Adresse hatte, doch das waren natürlich viele. Und 2. Der Nikolaus war ein Blödmann! Fand sich wohl oberwitzig, dabei war er nur öde. Beispiel: »Nikolaus, wir lieben dich!«

Wütend wie ich war, kam mir eine Idee: Ich wollte unbedingt mehr wissen, und so druckte ich den Nikolausbrief aus und radelte zu Lenis Kindergarten.

Die Kids malten gerade Briefumschläge, als ich ankam. »Wir werden die Wunschzettel dem Nikolaus schicken«, erklärte Melanie. Sie war eine der »Tanten« und voll in Ordnung. »Womit natürlich die Eltern gemeint sind«, flüsterte sie mir zu. »Allerdings haben wir ein Problem: Es gibt drei Wunschzettel von Kindern, die in keiner unserer Gruppen sind.« Sie hielt mir drei rosa Blätter vor die Nase. Eines davon war so zerknittert, dass ich meinen Wunschzettel sofort erkannte.

»Die nehme ich mit, die hat Leni für ihren Bruder und Cousin gemalt«, sagte ich hastig und erklärte weiter: »Leni glaubt nämlich noch an den Nikolaus.«

»Das soll sie ja auch«, meinte Melanie und verdrehte die Augen.

Wir lachten.

Okay, ich lachte auch, obwohl mir nicht danach war. Meinen idiotischen Wunschzettel hatte ich wieder, aber das nützte mir nichts; genauso gut hätte ich ihn verbrennen können. Das Schlimme – und Offensichtliche – war, dass ihn jemand gelesen hatte. Welcher Depp das gewesen war und mit mir das dusslige Nikolausspielchen spielen wollte, sollte doch herauszufinden sein, dachte ich und setzte mich neben Leni auf ein himmelblaues Stühlchen. »Hast du die Wunschzettel in den großen Sack gelegt, Leni?«

Sie nickte. »Den für Markus, den für Olli und deinen auch. Den hab ich in meinem Papierkorb gefunden. Du hast ihn aber ganz knittrig gemacht«, sagte sie anklagend.

»Sorry. Du, sag mal, hat jemand die Wunschzettel gelesen?«

Sie malte gelbe Sterne. »Der Nikolaus.«

»Niemand sonst?«

Sie schüttelte den Kopf. »Die sind doch geheim. Weißt du das nicht, Mathilde?«

»Doch. Klar. Aber überleg mal: Jemand könnte ja in deinem Zimmer gewesen sein und sie heimlich gelesen haben.«

Jetzt malte sie rote Blümchen zwischen die gelben Sterne. »Echt? Jemand hat sie heimlich gelesen? Woher weißt du das, Mathilde?«

Weil mir ein Trottel geantwortet hat – was ich natürlich unmöglich sagen konnte. Leni hatte offensichtlich keine Ahnung, dass jemand meinen Wunschzettel in die Finger bekommen hatte.

Bevor ich wieder aufs Rad stieg, schaute ich mir zum hundertsten Mal die Mailadesse an und fragte mich, ob es ein Verzeichnis gibt, in dem Mailadressen aufgelistet werden – etwa so, wie Namen und Telefonnummern. Ich hatte keinen blassen Schimmer, radelte deshalb zu Jenny und hielt ihr wortlos den Nikolausbrief vor die Nase.

»He, was soll das?«

»Lies!«

Sie riss die Augen auf, las, quietschte: »Was für'n Freak! Wer ist der Nikolaus?«

»Das frage ich dich, du Esel!«

Wir überlegten und überlegten und fanden nur eine Erklärung: Markus hatte den Wunschzettel gefunden und die Antwort geschrieben. »Für Lukas ist das Kinderkram, der würde sich niemals solche Mühe machen«, meinte Jenny. Ich gab ihr recht. »Und deine Tante oder dein Onkel schon gar nicht«, setzte sie hinzu.

»Aber die Mailadesse«, wandte ich ein.

»Och, die …« Jenny wedelte mit der Hand. »Die hat der Typ einfach erfunden. Wirst du ihm antworten?«

Ich tippte mir an die Stirn. »Bin ich blöd oder was?«

»Natürlich nicht«, bestätigte meine beste Freundin. »Du bist nur neugierig. Das wäre ich auch, wenn ich eine Mail vom Nikolaus bekommen hätte.« Sie runzelte die Stirn. »Die Frage ist schließlich, wer dieser Nikolaus ist. Was er von dir möchte. Ob er dich gut findet oder in die Pfanne hauen will.«

In die Pfanne hauen? An diese Möglichkeit hatte ich noch gar nicht gedacht – mir wurde erst knallheiß, dann eiskalt. »Könnte das sein?«

»Ach«, sagte sie, »heutzutage muss man mit allem rechnen. Es gibt ja so viele Freaks, du glaubst es nicht.«

Langsam faltete ich das Blatt zusammen und schob es in die Tasche meiner Jeans. Jenny hatte recht: Es gab Freaks. Andererseits wunderte es mich schon, dass sie plötzlich so negativ war: *ob er dich in die Pfanne hauen will*. Das passte nicht zu ihr.

Weil mir die geheimnisvolle Mail einfach keine Ruhe ließ, radelte ich weiter zu meiner Tante Silvie. »Ne, du, wir haben dir keine Mail geschrieben. Warum auch?«, sagte sie. »Aber frag doch mal Markus.«

In seinem Zimmer stank es nach ungewaschenen Socken und vergammelten Turnschuhen. Er selbst lag auf dem Bett, las einen uralten *Asterix und Obelix*-Comic und schaute erst auf, als ich ihm das Heft aus den Händen riss. »Ich dir 'ne Mail schreiben? Mich als Nikolaus ausgeben? Du hast sie ja nicht alle, Mathilde. Nicht in hundert Jahren würde ich für dich 'ne Taste drücken.«

»Dann sag mir wenigstens, wer gestern in Lenis Zimmer war«, flehte ich.

»Na, du natürlich«, feixte er.

Ich war keinen Schritt weiter gekommen. Später nervte mich der Opa mit: »Wo bist du gewesen, Mathildchen?«

Auf meiner Werteskala rangierte der Tag auf der 9.

3. Dezember

Als ich gestern Abend im Bett lag, ging mir der Nikolausbrief einfach nicht aus dem Kopf.

Dass ihn weder Leni noch mein Onkel, meine Tante oder Markus geschrieben hatten, war klar. Tatsache war aber auch, dass jemand meinen idiotischen Wunschzettel bei Leni gelesen und beschlossen hatte, mir zu schreiben. Da mailschreibende Engel aus Gründen der Wahrscheinlichkeit ausschieden, blieb aus der Familie meiner Tante nur Lukas übrig. Dass der sich hinsetzte und an mich schrieb, war so unwahrscheinlich wie, eben!, die Mail eines Engels. So weit, so schlecht. Nur – ich wollte nichts unversucht lassen.

Was bedeutete, dass ich mich unglaublich blamieren würde. Denn für Lukas, der immerhin schon fünfzehn war, stand ich in etwa auf der Stufe seiner kleinen Schwester Leni. Oder, wenn ich sehr viel Glück hatte, einen Hauch darüber.

Trotzdem ... Ich musste herausfinden, welcher Idiot behauptete, mein Wunsch sei unbescheiden und kaum zu erfüllen. Das wollte ich auf gar keinen Fall glauben! Und ich kannte viele, die auf diese Beschreibung passten, aber vor allem Mädchen natürlich. Klar, Jungs hinkten uns Mädchen zehn Jahr hinterher. Rund gerechnet und entwicklungsmäßig betrachtet natürlich. So gesehen war es für den Nikolaus extrem schwer, einen Jungen aufzutreiben, der mit +/- 15 Jahren so cool und witzig war wie ein Mann.

Okay.

Aber dafür war er ja auch der Nikolaus und stand an der Spitze der weltbesten Wunscherfüller. Hatte der Angeber ja selbst gesagt, oder?!

Am Morgen zog ich mir die Mütze auf den Kopf, wickelte den Schal dreimal um den Hals und radelte wild entschlossen zur Schule. Dort angekommen lehnte ich mich, die Fäuste in der Steppjacke vergraben, an den Fahrradschuppen.

Knappe fünf Minuten vorm Läuten kam Lukas angeradelt.

Ich hatte mir vorgenommen, ihn höflich und gewinnend zu behandeln, weshalb ich mich freundlich erkundigte, wie er denn geschlafen habe und ob es ihm an diesem herrlichen Morgen gut gehe.

Er beachtet mich nicht.

»Hallo!«, sagte ich lauter. »Ich hab dich was gefragt!«

Er knurrte Unverständliches.

Die Zeit wurde knapp. Ich ging aufs Ganze. »He, Lukas, ich hab da 'ne Mail bekommen. Ist die von dir?«

Er schloss sein Rad ab. »Sonst noch was?«

Jetzt war ich aber sauer. »Ich hab dich was gefragt!«

»Und ich hab dir geantwortet.«

Ich hielt Lukas am Ärmel fest. »Das ist keine Antwort. Ist die Mail von dir?«, fauchte ich ihn an.

Als wäre meine Hand eine eklige grün schillernde Schmeißfliege, schnipste er sie von seinem Ärmel. Dann grinste er mir voll ins Gesicht. »Du hast 'ne Mail bekommen? Von wem denn?« Er deutete mit dem Daumen auf die riesige Tanne, die mitten in unserem Schulhof stand. »Etwa vom Christkind?«

Da war bei mir endgültig Schluss mit höflich und gewinnend. »Wenn du's wissen willst: vom Nikolaus«, brüllte ich ihn an.

»Ja, da schau her! Das ist ja ganz was Besonderes. Ein Wunder ist das, wenn du mich fragst. Du, Oskar«, sein Freund stellte gerade sein Rad neben dem seinen ab, »der Nikolaus hat Mathilde 'ne Mail geschickt. Was sagst du dazu?«

Oskar war spät dran, in einer Minute würde es zur ersten Stunde klingeln. Bestimmt war er wie ein Irrer geradelt; was von seinem Gesicht zu sehen war, leuchtete so rot wie der Feuermelder, den mein kleiner Bruder und Markus aus der Wandhalterung gerissen und betätigt hatten. »Voll der Wahnsinn, sag ich mal. Hast du ihm schon geantwortet, dem Nikolaus?«, erkundigte sich Oskar. Ich konnte ihn nur schlecht verstehen; er hatte immer noch den Schal ums Gesicht gewickelt.

Mit voller Wucht trat ich gegen sein Rad. »Bin ich blöd oder was?«, schrie ich die beiden an.

Es läutet. Sie warfen die Schulrucksäcke über die Schulter und ließen mich einfach stehen. Ich hörte aber, wie Lukas sagte: »Meine kleine Schwester Leni glaubt ja noch an den Nikolaus. Aber dass Mathilde ...«

Ich war so wütend, dass ich die Ventile an Lukas' und Oskars

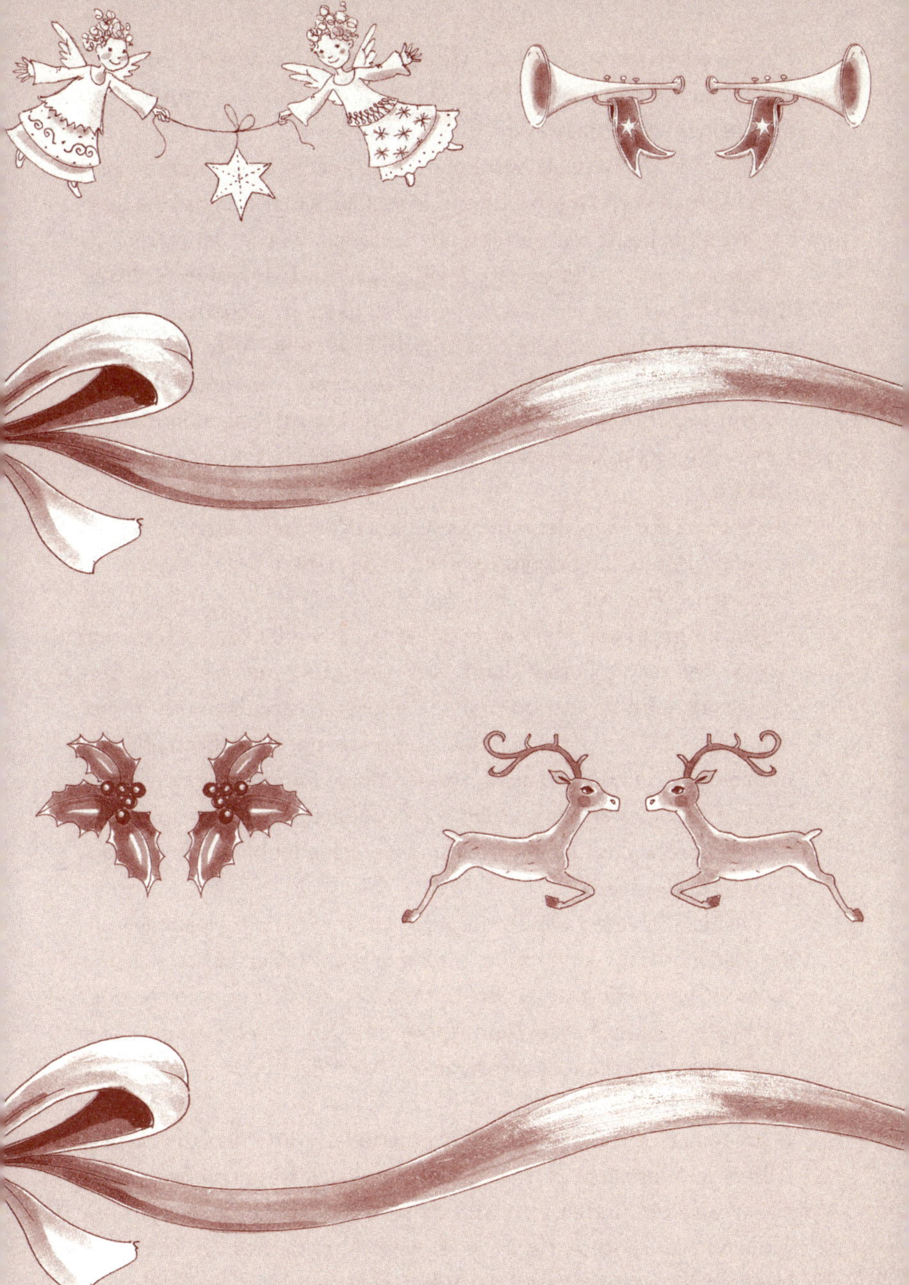

Hinterrädern öffnete und mit Genugtuung hörte, wie die Luft entwich. Dann flitzte ich ins Schulgebäude und schaffte es gerade noch vor meinem Mathelehrer ins Klassenzimmer.

Ich hätte im Bett bleiben können, so wenig bekam ich an diesem Morgen vom Unterricht mit. Zum Glück merkten das die Lehrer nicht, da heute viel gelesen oder referiert wurde. Jenny merkte es aber natürlich und wusste auch, warum ich so abwesend war. Eine Hilfe war sie mir allerdings nicht, ganz im Gegenteil. Fragte sie mich doch tatsächlich, ob ich nicht doch eine Antwortmail geschrieben hätte. Und als ich *Nö, wieso denn?* antwortete, meinte sie: »Ich an deiner Stelle hätte es getan. Weil, nur mal angenommen, es ist ein Typ, der in dich verknallt ist, dann verbaust du dir doch jede Chance.«

»Spinnst du? Was denn für 'ne Chance? Ich seh keine.«

Jenny zuckte die Schultern. »Wenn du so blöd bist, verdienst du echt keinen Freund.«

Mit ihrem Lineal markierte sie genau ihre Hälfte von unserem Tisch. Das tat sie immer dann, wenn sie sauer auf mich war. Ehrlich gesagt kam das schon mal vor, aber wir vertrugen uns immer wieder, weil keine ohne die andere sein konnte. Schließlich pflückte man beste Freundinnen nicht mal eben vom Baum wie einen Apfel. Beste Freundinnen zu werden – das dauerte. Sie vertrauten sich und wussten, dass kleine Meinungsverschiedenheiten kein Trennungsgrund waren.

Weil ich das alles wusste, ärgerte ich mich nur ein paar Sekunden darüber, dass Jenny sauer auf mich war. Vielleicht hatte sie nur schlecht geschlafen, oder ihre Eltern hatten sich gestritten, oder ein Pickel wuchs ihr am Kinn. Obwohl – ich schielte zu ihr rüber und entdeckte keinen einzigen Pickel. Auch die Haare glänzten und lagen wie gewünscht.

Ich kehrte mit meinen Gedanken wieder zum Nikolaus zurück. Allerdings wunderte ich mich, dass Jenny das Trennungslineal auch in der zweiten und dritten Stunde nicht entfernte. Erst als es zur großen Pause läutete, nahm sie es weg. Aber da war ich dann doch sauer und gab dem Tag auf der Werteskala eine 2.

Nach der Pause, in der ich mich von Jenny abgewandt und viel mit Hanna gequatscht hatte, lag das Lineal wieder exakt auf der Trennungslinie. Trotzdem fragte sie, ob wir am Nachmittag über den Weihnachtsmarkt bummeln sollten. »Ich mit dir?«, fuhr ich sie an und zeigte aufs Lineal. »Das hättest du längst entfernen müssen!« Und dann sagte ich noch was von keiner Lust, keiner Zeit, keinem Geld und ließ sie stehen.

Ich radelte langsam nach Hause und überlegte, ob ich noch vor oder erst nach dem Mittagessen den PC anwerfen und nach einer Nikolausmail schauen sollte. Aber warum sollte er mir eigentlich noch mal schreiben, ich hatte ja nicht geantwortet. Zuzutrauen wäre es ihm aber. Und irgendwie wäre ich enttäuscht, wenn er keine geschickt hatte. Aber wenn doch, würde ich sie blöd finden. Das wusste ich genau.

Als ich in unsere Straße einbog, bremsten zwei Fahrräder neben mir. »He, Mathilde!«, schrie Lukas. »Was sollte der Mist?« Lukas' und Oskars platte Hinterräder hatte ich schon ganz vergessen.

Ich radelte stur geradeaus. »Ich weiß nicht, was du willst.«

Lukas stellte sich mir mit dem Rad – er hatte das Hinterrad wieder aufgepumpt – in den Weg. »Ich hab dich was gefragt!«

Ich lachte ihm voll ins Gesicht. »Und ich hab dir geantwortet!«

»Lass sie doch«, sagte Oskar. »Wir wissen ja gar nicht, ob *sie* die Ventile aufgeschraubt hat.«

»Wer sonst?«, knurrte Lukas, machte mir den Weg aber frei.

Mit erhobenem Kopf fuhr ich nach Hause und setzte mich noch in der Jacke und mit der Mütze auf dem Kopf an den Computer.

Nichts.

War der Nikolaus sauer, weil ich ihm nicht geantwortet hatte? Wenn ja, war er eine Mimose. Und die konnten mir gestohlen bleiben. Geschah ihm recht, dem Mimosen-Nikolaus. Überhaupt – er lag bei –1 auf meiner Skala.

Obwohl Ma zufällig Lasagne, mein Lieblingsessen, gekocht hatte, schmeckte es mir nicht besonders. Was garantiert daran lag, dass sie am Käse gespart hatte. Und dass Opa nervte. »Wie war's denn in der Schule?«

In Englisch war ich immer schon eine ziemliche Niete gewesen, und weil wir am Mittwoch, also morgen, eine Englischarbeit schrieben, lernte ich Vokabeln. Als ich mich an die Grammatik machte, bedauerte ich, dass ich Jenny eine Abfuhr erteilt hatte – über den Weihnachtsmarkt zu bummeln wäre tausendmal besser gewesen, als die blöden Vokabeln zu pauken. Selbst mit einer Freundin, die mir gerade auf den Geist ging.

Da platzte Olli ins Zimmer. »Du«, sagte er und grinste so richtig fies, »du, Mathilde, da hat dir ein Nikolaus 'ne Mail geschickt. Sag mal, was ist das denn für ein irrer Typ?«

Mist, ich hatte mein Mailprogramm offen gelassen. Das hatte ich mir eigentlich abgewöhnen wollen, vor allem, damit Olli meine Mails nicht las. Den ging das gar nichts an.

Ich wollte natürlich gleich zum PC flitzen, aber das hätte Olli so toll gefunden, dass er mich den ganzen Tag deswegen genervt hätte. Also blieb ich sitzen und sagte so cool wie nur was: »Ach, der Nikolaus. Der ist in Jenny verknallt, aber wenn ihre Family mitbekommt, dass sie einen neuen Freund hat, ist Feuer unterm Dach. Deshalb gehen die Mails zuerst an mich; ich leite sie dann weiter.«

»Echt?« Mein Bruder war beeindruckt. »Ganz schön raffiniert von euch. Hätte ich euch gar nicht zugetraut.«

»Kleiner«, entgegnete ich supercool, »du musst noch viel lernen. Und jetzt lass mich mal die Mail lesen.«

Ich klappte die englische Grammatik zu. Ich räumte meinen Schreibtisch auf. Ich kämmte mir die Haare. Olli klebte wie ein Kaugummi an meiner Seite. »Ist was?«

»Will nur sehen, ob du die Mail wirklich weiterleitest.«

»Geht dich das was an?«

»Nö. Interessiert mich eben.«

»Wie kommst du überhaupt dazu, fremde Mails zu lesen?«

»Hausarrest. Mir ist langweilig.«

»Mach die Schulaufgaben.«

»Die sind fertig. Willst du sie sehen?«

Mir blieb nichts anderes übrig: Während mein kleiner Bruder neben mir stand, las ich die Mail.

Liebe Mathilde,

in der vergangenen Nacht bin ich mit meinem von vier Rentieren gezogenen Schlitten durch die Lüfte gesaust, hab Wunschzettel eingesammelt und dabei nach einem Freund für Dich Ausschau gehalten. Es sieht nicht gut aus; die Chancen sind minimal, einen zu finden, der Deinen Wünschen entspricht. Entweder ist der Junge ein Weichei, der zwei Schals und drei Mützen trägt, oder er lacht an den falschen Stellen.

Mein Knecht hat mir geraten, ein paar Engel zu engagieren, um die Suche zu optimieren. Was hältst Du davon? Maile mir bitte, ob ich Ruprechts Rat annehmen soll. Du kennst ja die Adresse. Ach ja, da ist noch was: Jemand hat sich über Dich beklagt. Bin in Eile, daher morgen mehr.

Mit besten Grüßen vom Nikolaus

»Du nimmst mich auf den Arm, Mathilde.« Olli lachte. »Von wegen Jennys neuer Freund! Das kannst du sonst wem erzählen, aber nicht mir! Der Nikolaus hat's auf dich abgesehen.«

Ich fühlte, wie ich rot wurde. »Was du nicht sagst!«

»Du bist so rot wie eine Tomate!«, schrie Olli. »Du hast mich angelogen! Der Nikolaus ist in dich verknallt!«

4. Dezember

Sag mal, was ist denn mit dir los? Bist du krank oder was?« Jenny kniff die Augen zusammen. »Du siehst aus, als hättest du nicht geschlafen!«

Wenn ich an die Englischarbeit dachte, schwante mir Furchtbares. Ich knallte Jenny die Nikolausmail vor die Nase. »Hast du dich über mich beschwert? Wenn ja, wie hast du's angestellt? Hast du dem Typen 'ne Mail geschickt?«

Meine Freundin las. Riss die Augen auf. »Uiuiui! Den hast du vergrätzt!«

»Vergrätzt?«, wiederholte ich verständnislos. »Wie kommst du darauf?«

Sie wedelte mit der Hand. »Du musst zwischen den Zeilen lesen.« Sie sah mich an wie unsere Englischlehrerin, wenn ich das *past tense* von einem Verb vergessen hatte. »Wem bist denn auf die Füße getreten, dass er sich über dich beschwert hat? Und wieso weiß das der Nikolaus? Kapier ich nicht … Ein Engel kann's ihm ja nicht gesteckt haben, oder? Also«, sie tippte mit dem Zeigefinger aufs Blatt, »hat er es irgendwie mitgekriegt. Und findet dich jetzt wahrscheinlich nicht mehr so cool. Was hast du denn angestellt, Mathilde?«

»Ich? Nichts. Überhaupt nichts. Ehrlich, Jenny, gestern war ich den ganzen Nachmittag zu Hause. Hab sogar mit Olli Tipp-Kick gespielt, weil ihm so langweilig war.«

»Dann«, wieder tippte Jenny mit dem Finger aufs Blatt, »ist das eine Verleumdung. Mobbing ist das, wenn du mich fragst. Also wenn jemand behaupten würde, ein anderer hätte sich über mich beschwert, würde ich sofort fragen: Wer? Warum?«

Ich nickte. »Jetzt weißt du, weshalb ich nicht geschlafen habe.« Jedenfalls nur sekundenweise.

Da kam unsere Englischlehrerin ins Klassenzimmer. »Guten Morgen! Na, dann wollen wir mal …« Sie ließ die Hefte austeilen, und prompt standen mir Schweißperlen auf der Stirn, hinter der sich, da war ich mir sicher, nichts befand, was mir eine gute Note einbringen würde. Dann fing der Stress auch schon an.

Als es klingelte, waren meine schlimmsten Befürchtungen wahr geworden: Wenn ich Glück hatte, war mein Nichtwissen gerade noch eine Fünf wert. Ich hatte ja auch nur ein paar Vokabeln und null Grammatik gelernt, und daran, dachte ich erbost, war einzig und allein die blöde Mail schuld.

»Du lässt die WollAG aber nicht ausfallen?!«, erkundigte sich Jenny nach dem Unterricht.

Die WollAG!

Seit letztem Winter gab es die, denn eines Tages kamen Sarah und Felix plötzlich mit superschicken Mützen zur Schule und wir wunderten uns, wo sie die herhatten. Dann lasen wir, dass Jennifer Lopez, Cate Blanchett und andere ihres Kalibers in den Pausen zwischen den Drehs stricken oder häkeln würden, weil das jetzt extrem angesagt wäre. Zuerst wollten wir das nicht glauben, bis jemand ein Mützenbuch mitbrachte. Zwei coole Männer hatten die Mützen gehäkelt und die Anleitungen aufgeschrieben.

Dann hatte Jenny eine tolle Idee.

Sarahs großer Bruder hatte Modedesign studiert und nur einen Aushilfsjob gefunden. Jetzt war er Hartz-4-Empfänger, hatte Langeweile und gründete auf unseren Wunsch hin die WollAG in unserer Schule. Die AG schlug ein wie eine Bombe. Zuerst hatten sich nur dreizehn Mädchen und zwei Jungs angemeldet, doch dann sprach sich herum, wie cool Sebastian war. Zum Beispiel ließ er immer die allerbeste Musik laufen, weil sie seiner Meinung nach Finger und Geist anregte, und jetzt hatte er sogar zwei Kurse am Mittwochnachmittag. Jenny und ich waren im Kurs von 16 bis 18 Uhr.

Als ich meiner Mutter damals erzählt hatte, ich würde bei der WollAG mitmachen, hatte sie einen Lachanfall bekommen. »Ich fass es nicht! Du willst häkeln lernen!? Bist du wahnsinnig? Das ist eine Tätigkeit, die seit hundert Jahren ausgestorben ist! Und dann auch noch Mützen homemade – Mathilde, du spinnst.«

»Na und? Oma hat mal gesagt, sie und ihre Freundinnen hätten während des Unterrichts die Nadeln klappern lassen. Heimlich unter der Bank hätte sie einen tollen Pulli aus lila Mohair gestrickt.«

»Sag ich doch«, japste meine Mutter. »Hallo! Willkommen im letzten Jahrhundert!«

Für dich
Frohes Fest
Für dich
Für dich
Für dich

Für dich
Für dich
Für dich
Für dich
Frohes Fest

»Handarbeiten sind wieder total in«, klärte ich sie auf.

»Was du nicht sagst!« Meine Mutter hob das Schnitzel hoch, das sie gerade in die Pfanne legen wollte. »Dann lern doch auch, die Kuh zu melken und die Sau zu schlachten. Wasch die Wäsche am Bach, wenn Handarbeit wieder ›total in‹ ist.«

»Du kapierst überhaupt nichts«, beschwerte ich mich. »Eins sag ich dir, Ma: Für dich häkle ich keine Mütze!«

»Und das ist gut so«, erwiderte sie knapp. Dann jammerte sie Pa vor. »Unsere Tochter ist verrückt. Sie will häkeln lernen. Und wahrscheinlich auch stricken.«

»Also Tätigkeiten mit geringer Verletzungsgefahr. Trotzdem wäre es besser, wenn du Englisch lernen würdest, Mathilde. Oder Mathe. Oder beides. Wie wäre es da mit einer AG?«

Ich ließ mich nicht davon abhalten und besuchte seitdem die WollAG. Zu Weihnachten würde mein Pa eine schicke graue Häkelmütze mit blauem Rand bekommen. Das passende Buch für meine Ma hatte ich schon gekauft; es hieß: *100 Tipps für die Zeit, in der Ihre Tochter eine andere Mutter sucht*.

Aber zurück zur eigentlichen WollAG, die ich auch heute natürlich nicht ausfallen lassen würde.

Sie erhielt von Anfang an den Rang 10, und ich war ziemlich sicher, dass sie den Platz auch halten würde. Wir trafen uns in einem Schulzimmer, tranken Tee mit Zimt und Orangenaroma, aßen die selbst gebackenen Plätzchen von Sarahs Oma und häkelten.

An diesem Mittwoch sagte Jenny plötzlich: »Leute, was würdet ihr tun, wenn ihr Mails vom Nikolaus bekommen würdet?«

Vor Schreck ließ ich die Masche fallen und zischte: »Bist du wahnsinnig? Das ist mein Geheimnis!«

»Pst! Weiß doch keiner«, flüsterte Jenny.

»Das Ganze für Spam halten«, sagte Florian sofort.

»Klar«, stimmte Jana zu. »Wenn mir aber jemand schreiben würde, der sich als Nikolaus ausgibt, weil er sonst zu schüchtern ist oder so, dann fände ich das irgendwie cool.«

»Komm schon, das ist nicht dein Ernst«, entgegnete Anton. »Da macht sich doch nur jemand wichtig!«

»Vielleicht. Vielleicht auch nicht. Jedenfalls ist das eine nette Anmache. Besser als: Gehen wir zusammen über den Weihnachtsmarkt?«

Die Meinungen gingen hin und her. Am Schluss stand es unentschieden. Die einen hielten den selbst ernannten Nikolaus für einen aufgeblasenen Idioten, die anderen, es waren mehrheitlich die Mädchen, fanden die Kontaktaufnahme gut und würden die Mails beantworten. Schon deshalb, um herauszufinden, wer der Kerl überhaupt war.

»Seid ihr sicher, es ist ein Junge?«, fragte Sebastian dann. »Könnte ja auch ein Mädchen sein. Denk ich mal.«

Mein Herzschlag setzte aus. Ich starrte Jenny an. »Glaubst du das?«

»Nie im Leben!«

Langsam rutschte mein Herz wieder in die Gänge, während Hanna beim Thema ausgefallene Ideen blieb. »Katrin hat 24 Paar Socken in Größe 44 gestrickt, hat sie an ein rotes Band gehängt und mit Liebesbriefen und Süßigkeiten gefüllt.«

Das war so unfassbar, dass es uns die Sprache verschlug.

»Als Adventskalender für ihren Freund. Was sagt ihr dazu?«

»Wahre Liebe ist das«, meinte Claudia schließlich. »Wie lange hat sie daran gearbeitet?«

»Von Januar bis November«, erklärte Sina.

»Moment mal … drei, vier. Und jetzt eine abheben, dann zwei Maschen zusammenhäkeln. Okay. Geschafft. Voll der Wahnsinn ist das mit den 24 Socken.« Florian schüttelte den Kopf. »Jede Masche ein Beweis echter Liebe. Stimmt's, Anton?«

Der hob den Kopf. »Waren das einfarbige Socken oder solche mit Muster?«

»Die ersten waren einfarbig, dann hat Katrin sich gesteigert. Am Schluss konnte sie vielfarbige mit Muster stricken. Einwandfrei waren die, echte Sahnesocken. Nur –«

»Ich hätte die auf dem Weihnachtsmarkt verkauft«, erklärte Anton. »Für 7 Euro pro Paar. Mindestens.«

Florian gab ihm recht. »Liebe ist Liebe. Die richtet sich nicht

nach der Sockenzahl. Meiner Meinung nach hätte ein Paar für ihren Freund genügt. Die restlichen 23 Paare hätten mir Knete gebracht.«

Katrin lachte. »Selbst das eine Paar war zu viel für den Kerl. Der hat nämlich Schluss gemacht. Vor genau drei Tagen. Am 1. Advent. Die Socken hat er aber behalten. Krass, oder?«

Alle waren empört. Nur ich hielt den Mund. Was wäre, fragte ich mich, wenn ich die Nikolausmails beantworten und er die seinen Freunden zeigen würde? Auf Facebook … Ich wäre blamiert bis in alle Ewigkeit …

Zu Hause schlich ich um den PC herum. Mein Opa nervte schon wieder mit Fragen nach der Schule, und ich traute mich nicht, meine Mails aufzurufen. Doch meine Neugier siegte.

Liebe Mathilde,

ich lege mich ins Zeug, um Dir Deinen Wunsch zu erfüllen. Sogar mein Knecht und zwei extra dafür angeworbene Engel helfen mit – und Du antwortest mir nicht?! Ich glaub's nicht.

Dein Nikolaus

Wie bitte? Das war moralische Erpressung! Jetzt war aber Schluss mit lustig! Erbost suchte ich die Buchstaben zusammen:

Hallo, Nik,
vergiss den Wunsch. Hab's mir anders überlegt.

Mathilde

Ich drückte auf SENDEN, schnaufte die angehaltene Luft aus – und überlegte erst dann. Nur mal angenommen, der Nikolaus meinte es gut mit mir, hatte sich in mich verliebt und wollte mithilfe der Mails Kontakt aufnehmen … Dann war ich wirklich blöder als blöd.

»Hast du Sorgen, Mathildchen?«, fragte mein Opa.

Klar hatte ich Sorgen. Ich hatte null Talent, mir einen Freund zu angeln. Es wurde höchste Zeit, den Tatsachen ins Auge zu sehen. Ich kramte mein Handy aus der Tasche und rief Jenny an.

»Waaas hast du getan? Mensch, Mathilde, was soll ich dazu sagen?«

Genau, was ich erwartet hatte. Ich knabberte an meinem Daumennagel. »Soll ich ihm noch eine Mail schicken? Ihm erklären, ich hätte unüberlegt gehandelt und würde alles zurücknehmen?«

Jenny schwieg. Dann sagte sie: »Ne, das würde ich nicht machen. Das klingt so, als hättest du nicht alle Tassen im Schrank. Ne, lass das lieber.«

Ich heulte fast. »Kann ich denn gar nichts tun?«

»Hm.« Dann lachte Jenny. »Weißt du was? Du schreibst einfach: ›Lieber Nikolaus, gerade haben zwei Engel an meine Fensterscheibe geklopft. Ich hab sie ins Zimmer gelassen, obwohl ich vor Schreck fast einen Herzschlag erlitten habe. Sie haben gesagt, ich solle mir das mit dem Freund doch noch mal überlegen. Erstens, weil sie und du alle Jungs auf Herz und Nieren prüfen würden, und zweitens, weil ich auf eine ähnlich gute Gelegenheit ein volles Jahr warten müsste. Bitte entschuldige meine Mail, sie war voreilig und unnötig.‹«

Ich schnaubte. »Das soll ich schreiben? Jenny, das kann ich nicht.«

»Ich will dir doch nur helfen, Mathilde.«

»Weiß ich ja. Aber so 'ne Mail … Ne, die ist nichts für mich. Ehrlich gesagt geht mir der Nikolaus voll auf den Geist.«

Klar, meine beste Freundin hatte sich wirklich Mühe gegeben. Trotzdem – sie war Jenny. Ich war Mathilde. Punkt. Aus und Schluss.

Mein Opa war mir gefolgt. »Mathildchen, hast du ein Problem? Kann ich dir helfen?«

Oje. »Weißt du«, sagte ich, »als du jung warst, hat's für mein Problem noch nicht mal einen Namen gegeben.« Mein Opa nervt zwar manchmal, aber eigentlich ist er echt in Ordnung. Er geht jede Woche in einen PC-Kurs für Senioren und sein Rasierwasser ist auch schlecht.

5. Dezember

Gut, die Nikolaussache war abgehakt, ich hätte also bestens schlafen können. Was aber nicht der Fall war. Noch ein, zwei Nächte mehr, dann war ich garantiert *schachmatt durch Stress und nervöse Unruhe*. Das stand in einem Artikel über Schlaflosigkeit und innere Unruhe in unserer Fernsehzeitung.

Statt entspannt zu schlummern, wälzen Sie sich schlaflos von einer Seite auf die andere. Richtig. *Bei nervöser Unruhe liegt im Gehirn ein Mangel an GABA (Gamma-Amino-Buttersäure) vor.*

Auch wenn ich nicht wusste, was das war, lag hier ein klarer Fall von Fehldiagnose vor. Ich hatte andere Mängel: Schlechte Noten. Keinen Freund. Einen Opa mit der Dauerfrage: »Wie war's denn heute in der Schule?« Ganz zu schweigen von einer lieblosen Mutter. Gestern Abend hatte sie sich, als ich gerade am Einschlafen war, an mein Bett gesetzt. »Hör mal, Mathilde. Dein Bruder hat mir gesagt, ein Nikolaus würde dir mailen.«

Sofort war ich auf hundertachtzig. »Olli soll sich um seinen eigenen Kram kümmern! Seinetwegen ist die Feuerwehr ausgerückt!«

»Das ist jetzt nicht das Thema. Wer ist dieser Nikolaus?«

Ich verdrehte die Augen. »Der Nikolaus ist der nette Mann, der nachts auf seinem von vier Rentieren gezogenen Schlitten durch die Lüfte schwebt und brave Kinder beschenkt. Indem er Päckchen vor die Haustür legt oder sie den Kamin runterwirft. Ach, noch was. Eines der Rentiere heißt Rudolph. Rudolph hat eine rote Nase und wird in einem Lied besungen. Genügt dir das, Ma?«

»Nein.« Ma rieb sich den linken Nasenflügel. Das machte sie immer, wenn sie sauer war oder eine Antwort suchte. »Ich will wissen, wer sich hinter dem ›Nikolaus‹ verbirgt. Mathilde, ich versteh dich nicht: Wie schnell man zum Opfer von Cybermobbing wird und wie gefährlich das ist, muss ich dir wohl nicht sagen.«

Nein, musste sie nicht. Und wer der Nikolaus war, hätte ich auch gern gewusst. Warum meinte Ma immer, ich hätte null Ahnung vom Leben? (Unsere Tochter häkelt Mützen!) »Olli hat kein Recht, meine Mails zu lesen.«

Ich ahnte, dass sie jetzt sagen würde: *Wir meinen es ja nur gut mit dir.*

Und da kam es auch schon: »Mathilde, wir meinen es ja nur gut mit dir. Hätte Olli mir nichts gesagt, wüsste ich nichts von diesem ›Nikolaus‹.«

Das alles war so nutzlos. Ich drehte mich auf die Seite. »Ich bin müde.«

»Denk darüber nach, was ich dir gesagt habe, Mathilde.«

»Morgen vielleicht«, murmelte ich.

He, warum war ich ein Schlafstörungsopfer? Weil ich zu viel nachdachte, deshalb! Wie in dem Artikel beschrieben starrte ich ins Dunkel meines Zimmers und malte mir die gravierenden gesundheitlichen Langzeitfolgen aus. Irgendwann mussten mir dann doch die Augen zugefallen sein; ich wachte auf, als der Wecker (ein Micky-Maus-Wecker vom Weihnachtsmarkt, den mir Olli mal zu Weihnachten geschenkt hat) schepperte. Um fünf Uhr!

Wieso um fünf Uhr in der Früh?

Ein Depp hatte die Zeit vorgestellt. Konnte nur mein Bruder gewesen sein, der wegen des Hausarrests idiotische Ideen ausbrütete. Wecken um fünf Uhr! Das würde ich ihm heimzahlen.

Schon schlüpfte ich aus dem Bett – dann hielt ich inne.

Wenn ich schon wach war, könnte ich meine Mails wenigstens checken. Und löschen, falls nötig, damit Ma nichts davon mitbekam (denn sie konnte mein Mailprogramm natürlich auch alleine öffnen. Zuzutrauen wäre es ihr).

Barfuß und im Nachthemd (langweilig hellgrün) schlich ich nach unten, schaltete den PC ein, wartete – und Bingo! Da war eine Mail.

Guten Morgen, liebe Mathilde,

schade, dass Du ausgerechnet jetzt Deine Meinung geändert hast, wo Ruprecht mit der Suche Erfolg hatte. 15 Jahre alt, nett aussehend, witzig, humorvoll, wohnhaft in Deiner Stadt. Und so cool, Du glaubst es nicht. Eigentlich ein Traum. Schade, dass Dein Bedarf gedeckt ist. Da eine Emily, eine Katja, eine Alexa und, nicht zu vergessen, eine Jenny denselben Wunsch wie Du haben, kann ich den Jungen locker einer

Für dich
Für dich
Frohes Fest

Frohes Fest
Für dich

anderen vermitteln. Mach Dir also keinen Stress; die Arbeit war nicht umsonst.

Mit besten Grüßen
Dein Nikolaus

Ich starrte auf ein einziges Wort. Jenny.

Wie viele Jennys im Alter zwischen 12 und 14, so ungefähr, gab es denn in unserer kleinen Stadt? Gut, Jenny war kein so ungewöhnlicher Name, aber konnte das Zufall sein? Und, nur mal angenommen, es gab nur eine einzige, dann handelte es sich bei der Jenny um meine allerbeste Freundin. Genau. Ich hatte meiner allerbesten Freundin die Nikolausmails gegeben. Sie hatte sie gelesen. Sie kannte seine Adresse. Hatte sie ihm auch zurückgeschrieben? Traute ich ihr das zu? Dass sie sich hinter meinem Rücken an den Nikolaus ranmachte? Ihn mir kaltblütig ausspannte? Wenn ja, war das der ultimative Verrat. Dann rangierte sie auf meiner Werteskala auf den nach unten offenen Minus-Graden, da, wo die Zahlen aufhören.

Mit eiskalten Fingern löschte ich die Mail. Auch im Papierkorb. Aber selbstverständlich erst, nachdem ich sie ausgedruckt hatte. Zwei Mal. Der erste Ausdruck blieb bei mir. Ich versteckte ihn unter der Matratze, weil mein Bruder ja im Moment unbegrenzt Zeit zum Schnüffeln hatte.

Den zweiten Ausdruck legte ich zwischen die Seiten 44 und 45 des Physikbuchs (Energieformen-Energieumwandlungen), kroch wieder ins Bett und versuchte, warme Füße zu bekommen. Die blieben eiszapfenkalt. So kalt wie mein Herz. So kalt wie der Klumpen in meinem Bauch. Meine allerbeste Freundin! Im Kindergarten hatten wir Sterne gefaltet. In der Grundschule ihr Nutella- gegen mein Salamibrot getauscht. (Der Satz war zu unserem geheimen Code geworden). Im Waldcamp Regenwürmer gezählt. Haarspangen und rosa Libello-Stifte ausgeliehen. Immer voneinander abgeschrieben. Immer Geheimnisse geteilt. Alle. Ohne Ausnahme. Und jetzt das … Es war nicht zu fassen.

Auch draußen war es an diesem Morgen richtig kalt und die

Straßen vereist. Trotzdem radelte ich wie eine Geistesgestörte zur Schule. Als ich an der Einsteinstraße um die Ecke bog, knallte ich auf den Asphalt. Musste ja so kommen …

Es war zum Glück nichts passiert, also stieg ich wieder auf. An der Schule angekommen, stellte ich das Rad im Fahrradschuppen vorschriftsmäßig ab, rempelte Oskar im Vorbeigehen an, ohne ihn zu beachten, sauste hoch ins Klassenzimmer, holte die Mail zwischen den Seiten 44 und 45 hervor, knallte sie auf Jennys Hälfte unseres gemeinsamen Tischs – und wartete.

Und dann kam sie.

Lächelte unbefangen. Sah das Blatt. Las. Wurde rot. Freute sich tierisch.

»Mensch, Mathilde! Ich bin ja so glücklich!«

Geht's noch? Sie betrog mich? Und freute sich drüber?

Meine Stimme war nordpolkalt und kellertief. »Hast du dem Typen eine Mail geschickt?«

»Na klar. Wieso denn nicht? Du willst ja nichts von ihm. Hast du selbst gesagt.«

»Hab ich das?«, fragte ich sie. Und dann explodierte ich. »Du kannst doch nicht einfach die Adresse klauen, ohne mir was zu sagen! Schon mal was von Briefgeheimnis gehört?«

»He, he! Mal langsam. Hier liegt ein Missverständnis vor. Ich –«

»Missverständnis!« Ich spuckte das Wort aus. »Du kannst mich mal. Du und meine allerbeste Freundin?! Das war gestern!«

»Du … du spinnst«, stotterte Jenny. »Woher soll ich wissen, dass du im Sekundentakt deine Meinung änderst? Bin ich Hellseher oder was?«

»Ne. Nur unterirdisch mies.«

Ich strich Jenny aus meinem Leben, klemmte meine Siebensachen unter den Arm und setzte mich neben Dietmar. Der hatte es nicht so mit Seife, Duschgel und Deo, weshalb der Stuhl neben ihm immer frei blieb.

In der Pause stand ich ganz allein in einer Ecke. Die Mädchen aus meiner Klasse verachteten mich und kümmerten sich um Jenny. Weil natürlich alle mitbekommen hatten, dass ich ihr die Freund-

schaft gekündigt hatte. »Ich weiß nicht mal warum?«, jammerte meine Exfreundin. »Das ist ja so ungerecht!«

Plötzlich standen Lukas und sein Freund Oskar neben mir. »Sag mal, was hat Jenny denn?«

»Fragt sie doch«, knurrte ich.

»Haben wir schon«, entgegnete Lukas. »Sie sagt, du seist der gemeinste Mensch auf dem Schulhof. Aber hier.« Er brach ein Stück von seiner Brezel ab und schob es mir in den Mund. War das ein Freundschaftsangebot? Ich kaute automatisch, obwohl sich mir der Magen umdrehte. »So kennen wir dich nicht, Mathilde. Du bist manchmal ziemlich unterbelichtet. Aber gemein?« Er schüttelte den Kopf. »Hältst du Mathilde für gemein?«, wollte er von Oskar wissen.

Oskar räusperte sich. »Ich müsste den Grund der Anklage kennen.«

»Okay. Verstehe. Sag also, warum Jenny dich für gemein hält, Mathilde.«

Ich presste die Lippen aufeinander.

»Hast du sie nicht abschreiben lassen? Hast du sie verpetzt? Hast du ihre Wimperntusche geklaut? Ihren allerbesten Pulli? Ihr Rad kaputt gefahren? Ein Geheimnis verraten? Über sie getratscht? Ihren Eltern was gesagt, was sie nichts angeht? Hast du ihr Gift in den Latte Macchiato geträufelt? Ihr Pickel ins Gesicht gehext? Oder Mund- und Achselgeruch, was noch viel schlimmer ist?«

Lukas und Oskar fielen immer mehr Fragen ein. Ich wurde so wütend, dass ich schließlich platzte. »Sie hat mir einen Freund ausgespannt, das hat sie!«

Oskar hob die Augenbrauen. »Echt? Du hast einen Freund?«

»Genau!«, brüllte ich ihn an. »Jedenfalls so gut wie!«

»Das kapiere ich jetzt nicht«, sagte Oskar langsam. »Das musst du doch wissen. Entweder hast du einen oder du hast keinen.«

Lukas lachte fies. »Lass sie doch, Oskar. Mathilde ist ein kleines Mädchen. Woher soll sie wissen, was du unter einem Freund verstehst?«

Ich öffnete den Mund. Oskar kam mir zuvor. »Halt die Klappe,

Lukas. Und jetzt sag mir, Mathilde, wie Jenny dir einen Freund ausspannen konnte, den du nur ›so gut wie‹ hattest.«

»Sie hat was getan, was eine allerbeste Freundin nie tun darf. Mehr sag ich nicht.«

Oskar strich die Haarsträhne nach hinten, die ihm immer über die Stirn fiel. »Das ist schlimm«, sagte er. »Bist du sicher, dass es sich nicht um ein Missverständnis handelt?«

»Todsicher«, sagte ich unglücklich.

Lukas haute mir auf die Schulter. »Das wird wieder.«

Ich starrte auf meine Stiefelspitzen. »Schön wär's.«

Weil ich noch immer auf den Boden guckte, bekam ich nicht mit, dass sich Dietmar neben meinen Cousin stellte. Erst als mich die Körpergeruchwolke einhüllte, sah ich auf. »Was willst du hier?«

Dietmar fuhr sich durch die fettigen Haare. »Gehst du morgen Nachmittag mit mir auf den Weihnachtsmarkt? Wir könnten eine rote Wurst essen.«

»Und Kinderglühwein trinken?«, erkundigte sich Lukas höflich.

Sollte ich mich etwa mit dem Stinker freiwillig treffen? Das war undenkbar.

»Hör mal, Dietmar«, sagte da Oskar, »Mathilde geht mit mir über den Weihnachtsmarkt. Weil – ich hab zuerst gefragt. Ist doch okay, Kumpel?«

Dietmar nickte. »Klar doch. Der Weihnachtsmarkt läuft ja nicht weg.«

Der Tag rutschte von der 2 um 5 Punkte nach oben auf die 7.

6. Dezember

Nikolaustag. Ich wachte auf und sah den bunten Strumpf (gekauft, nicht selbst gestrickt), der am Fußende meines Bettes hing. Meine Eltern, vor allem meine Mutter, standen auf Tradition. Angeblich gab sie dem Leben Halt. Ich kapierte allerdings nicht, wie eine schlappe, überdimensionierte Socke, gefüllt mit Lebkuchen, Mandarinen, Kugeln in Glitzergold und noch schlimmeren Sachen, meinem Leben Halt geben könnte, wo ich doch mit beiden Beinen in den Scherben desselben stand.

Und das war keine Übertreibung.

Nur wer seine beste Freundin verloren hatte, verstand mich: Stunden ohne SMS, ohne Anrufe, ohne Austausch allerwichtigster Nachrichten. Wenn sich dann noch der Opa einmischte, der kleine Bruder Detektiv spielte, die Mutter ausrastete und der Vater ernste Worte sprach, war man echt am Ende.

Die Stunden ohne Jenny hatte ich gestern ja irgendwie überlebt, aber als ich am Nachmittag vom Sport nach Hause kam, war der Teufel los. Warum? Olli hatte die Mail gefunden. »Das war voll easy. Für Mädchen gibt's nur ein Versteck – ab unter die Matratze.«

Ich ging mit den Fäusten auf ihn los. »Du gemeiner Schnüffler! Du Petze! Nur weil du Mist gebaut hast und dafür büßen musst, steckst du deine Nase in Sachen, die dich verdammt noch mal nichts angehen! Mit dir bin ich fertig, du Wicht, elender!«

Meine Eltern fanden das Schnüffeln als solches zwar abscheulich, aber »in diesem Fall hat Oliver das richtige getan«, lamentierte Ma. »Wie kannst du dir nur von einem Unbekannten einen Freund besorgen lassen?! Das kann dich in Teufels Küche bringen!«

Ja, ja. Cybermoobing, schon klar.

Mein Vater setzte noch eins drauf. »Ich nahm an, ich hätte eine besonnene Tochter. Hab ich mich getäuscht, Mathilde?«

O Gott. Wer kann besonnener handeln als ich? Schließlich hatte ich dem Nikolaus einen Korb gegeben und meine allerbeste Freundin in die Wüste geschickt. Vor lauter Besonnenheit war ich jetzt das totale Singlemädchen.

»Ihr seid ja zu blöd, um überhaupt was zu kapieren!«, schrie ich, rannte in mein Zimmer und knallte die Tür hinter mir zu. Das ganze Haus wackelte. Gut so.

Ich nahm die halbfertige Mütze aus dem Beutel und häkelte los. Leider wurden die Maschen ganz ungleich; das war die natürliche Folge der Wut in meinem Bauch. Ich musste alles wieder auftrennen, was mich noch wütender machte. Irgendwann später hörte ich leises Klopfen. Ich ignorierte es. Beim zehnten Mal ging's mir auf den Geist. Ich öffnete, sah Olli mit einem Teller, auf dem zwei Leberwurstbrote lagen. »Tut mir leid, Mathilde ...« Ich knallte die Tür zu. Das ganze Haus wackelte. Gut so.

Das war gestern.

Heute war also Nikolaustag, und wenn mich nicht alles täuschte, rutschte der voll auf die –1-Marke und blieb dort.

Jemand, der von seiner ganzen Klasse verachtet wird, braucht sich um sein Aussehen nicht zu kümmern. Ich zog also meine fünftbeste Jeans an, einen Pulli ohne den kleinsten Funken Aussagekraft, fuhr mir flüchtig durch die Haare (leicht fettig, aber egal), verzichtete auf Wimperntusche und Co, aufs Frühstück sowieso. Opa jammerte. Ich radelte so langsam zur Schule, dass ich im allerletzten Moment ins Klassenzimmer schlurfen konnte.

Alle starrten mich an. Vorwurfsvoll natürlich. Ich straffte die Schultern und schritt hocherhobenen Hauptes an meinen Platz. Den neuen neben Dietmar, dem Stinker.

Dann hatten wir auch noch Englisch. Unsere Lehrerin hatte sich ins Zeug gelegt, hatte angeblich die Nächte durchkorrigiert. Meinetwegen hätte sie Winterschlaf halten können. »Mathilde«, sagte sie nämlich, als sie die Hefte austeilte, »deine Arbeit ist von einer Glanzleistung meilenweit entfernt.«

Warum mussten Erwachsene immer das Offensichtliche in Worte fassen? Kann mir das jemand sagen?

Tina stand auf und linste in mein aufgeschlagenes Heft. »Wow, 'ne 5–«, sagte sie so laut, dass alle es hörten. »Geschieht ihr recht, was?«

Mit einer Fünf hatte ich gerechnet; das Minus war eine Zugabe, die nicht wirklich zählte.

Trotzdem. 5–…

In der Pause stand ich wieder allein in der Ecke. Die anderen gluckten um Jenny herum. Ich hasste sie.

Plötzlich stand Olli neben mir und drückte mir einen sehr kleinen Schokonikolaus in die Hand. »Konnte doch nicht ahnen, dass Ma ausgerechnet dann hochkommt, als ich die Mail unter deiner Matratze finde.«

»Hau bloß ab!«, fauchte ich ihn an, obwohl ich's ja irgendwie süß fand, wie er sich entschuldigte.

In dem Moment zupfte Markus seinen Cousin am Ärmel. »Du, ich hab 'ne geniale Idee. Wenn der Hausarrest …«

»Nicht jetzt«, sagte Olli hastig, weil nun auch Lukas und Oskar zu uns stießen.

»Na, Mathilde«, sagte Lukas. »Bist du immer noch der ›Feind in meiner Klasse‹?«

»Geht's dich was an?«, sagte ich leise, weil ich echt down war.

»Klar geht's mich was an, wenn die ganze Klasse meine Cousine verdammt. Will dir ja nur helfen.«

»Unsere Eltern haben Angst, der Nikolaus-Typ würde sie im Internet bloßstellen«, erklärte Olli.

»Halt den Mund«, zischte ich. Alle Mädchen aus meiner Klasse schauten zu uns rüber: ich und vier Jungs! Das hatte was. Okay, einer war mein kleiner Bruder, zwei waren meine Cousins, aber Oskar war Oskar. Für den schwärmten so gut wie alle Mädchen. Der war einen ganzen Kopf größer als ich und hatte keinerlei Ähnlichkeit mit meinem Ex Fritz Schloz, dem Weichei. Oskar schälte eine Mandarine und gab mir die Hälfte. »Weil heute Nikolaustag ist«, erklärte er.

Die Mädchen ließen uns nicht aus den Augen. Ich lächelte ihn an. Er lächelte zurück. Die Mädchen guckten finster. Meine Laune stieg auf meiner persönlichen Werteskala bis auf die 6. Vielleicht sogar auf 6,5.

Da hörte ich Jenny. »Heute früh habe ich eine süße Mail vom Nikolaus bekommen. Wollt ihr sie lesen?«

Alle nickten. Jenny reichte ein Blatt herum. Die Mädchen kicherten. »Gaaanz süß! Mailst du zurück?«

»Klar doch.«

Meine Laune sank weit unter Null.

Oskar verschluckte sich. »Also, Mathilde«, sagte er sehr laut. »Heute Nachmittag Weihnachtsmarkt, oder? Ich hole dich ab. So um vier, passt das?«

Lukas grinste. »Weihnachtsmarkt? Ich bin dabei. Ist doch okay, oder?«

Oskar schüttelte den Kopf. »Ne, du. Das ist nicht okay.«

Meine Laune schnellte auf die 9, obwohl Lukas tönte: »Ich bin trotzdem dabei, Kumpel!«

»Gut. Um vier«, sagte ich zu Oskar. Dann kam mir ein fürchterlicher Verdacht. Tauchte einfach aus dem Nirgendwo auf und ließ mich fragen: »Du bist aber nicht der Nikolaus, oder?«

Oskar schnaufte laut. Fuhr sich durch die dunkelbraunen Haare. Eine Strähne fiel ihm in die Stirn. »Trag ich etwa eine rote Pudelmütze? Einen roten Mantel mit weißem Pelzbesatz?« Er drehte sich im Kreis. »Und siehst du Rentiere vor einem Schlitten, auf dem jede Menge Päckchen liegen?«

Meine Laune schob sich hoch bis zur 10. »Nö. Ich seh nur dich.«

»Na also! Dann bis später.«

Ich nickte und grinste zu den Mädchen rüber. Die drehten sich weg.

Um zehn vor drei am Nachmittag kam Olli in mein Zimmer. »Du, Mathilde«, flüsterte er. »Du hast wieder 'ne Mail von diesem Typen, dem Nikolaus, bekommen. Ich hab sie dir ausgedruckt und dann gelöscht. Wegen Ma, damit sie nicht wieder ausrastet. Okay?« Er legte ein Blatt auf meinen Schreibtisch. »Bist immer noch sauer auf mich?«

»Moment mal.« Ich las.

Liebe Mathilde,

einen schönen Nikolaustag wünsche ich Dir! Und da heute sozusagen mein Tag ist, musst Du mir helfen. Es geht dabei aber auch vor allem um Dich.

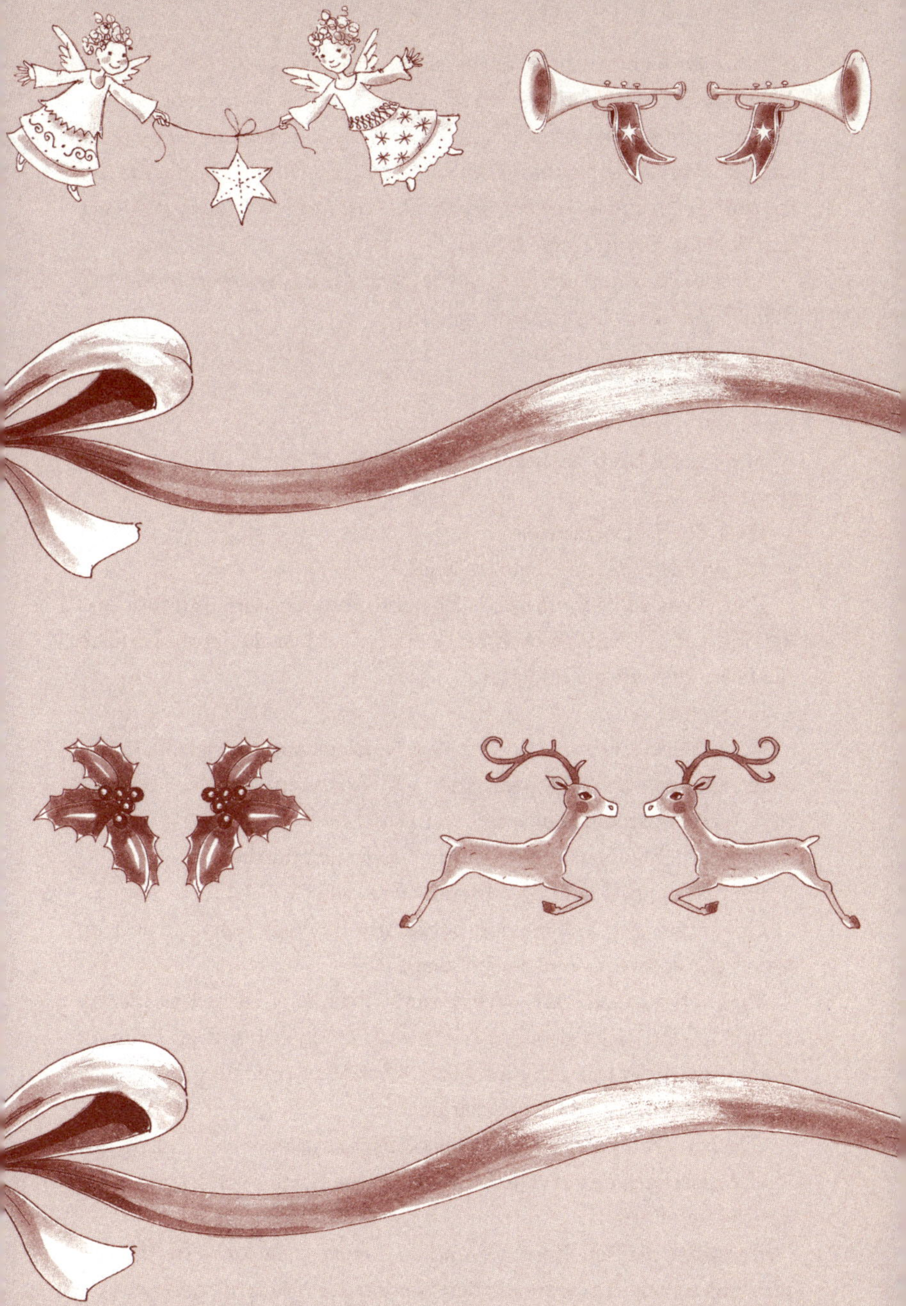

Es ist gar nicht so leicht, einen Jungen zu verkuppeln. Ich hatte vier Mädchen zur Auswahl, die ihn alle gerne zum Freund gehabt hätten. Leider will der Junge keine davon, obwohl die eine namens Jenny recht nett ist. Aber so ist's nun mal; er will nicht. Er will nur Dich. Was soll ich tun? Soll ich ihm wirklich sagen, Du hast Deine Meinung geändert und willst auf ewig Single bleiben?

Als Nikolaus hab ich eine große Verantwortung. Also maile mir schnell, damit ich nichts falsch mache.

Mit besten Grüßen vom
Nikolaus

Meine Laune blieb hartnäckig auf der 10. »Mensch, Olli! Du hältst dicht, klar?«

»Klar doch.« Er grinste.

Ich wurde misstrauisch. »Ist was?«

»Nö. Was soll schon sein?« Er nahm meinen Radiergummi und ließ ihn auf der Schreibtischplatte hüpfen. »Hast du Jenny wirklich die Freundschaft gekündigt?«

Ich nickte.

»Cool. Und jetzt willst du ihr den Nikolaus ausspannen?«

Ich wurde noch misstrauischer. »Ausspannen? Wie soll das gehen, wenn ich nicht mal weiß, wer er ist?«

»Hast recht.« Der Radiergummi hüpfte und hüpfte.

Ich nahm ihn Olli aus der Hand. »Das nervt.«

Olli setzte sich auf meinen Schreibtisch. »Was würdest du tun, wenn du wüsstest, wer der Nikolaus ist?«

Was ich tun würde? »Weiß nicht. Nur eins ist sicher: Jenny würde ich ihn nicht gönnen. Nicht mal, wenn er hundert Jahre alt wäre und 'ne Warze am Kinn hätte.« Schon wieder stieg die Wut in mir hoch, als ich an ihren Verrat dachte.

»Es ist nicht verboten, dem Nikolaus zu mailen.«

»Brüderchen, das verstehst du nicht. Sie hätte mich fragen müssen, kapierst du?«

Er zuckte die Schultern. »Wenn du meinst ... Tatsache ist, dass du erst was tun kannst, wenn du den Namen des Nikolaus hast, richtig?«

»Richtig. Aber den hab ich nun mal nicht.«

Olli kratzte sich am Kopf. »Wenn ich nicht Hausarrest hätte, würde ich ihn in Nullkommanichts rausfinden. Wetten? Aber so …?« Er breitete die Hände aus. »Schade, was?«

Da schoss mir eine so tolle Idee durch den Kopf, dass mir ganz schwindlig wurde. »Der Hausarrest ist blöd. Aber er dauert ja nur noch eine Woche. Obwohl das eine wahnsinnig lange Zeit ist. Sag mal, Olli, wie würdest du vorgehen? Ich meine, nur mal angenommen, du hättest keinen Hausarrest?«

»Och …«

»Was hältst du davon, wenn du –«

In diesem äußerst wichtigen Augenblick kam unsere Ma ins Zimmer. »Puh«, rief sie sofort. »Hier muss gelüftet werden!« Dann beäugte sie uns voller Misstrauen. »Ihr seht aus, als würdet ihr eine absolut dumme Idee ausbrüten.«

Sie hatte ja so recht.

Doch in dem Moment bog Opa um die Ecke und rettete die Situation. Auch er rümpfte die Nase. »Hier muss gelüftet werden«, sagte er und öffnete das Fenster. »Ist was?«, fragte er, als er sich wieder zu uns gedreht hatte. »Du siehst so komisch aus, Beate.«

Meine Mutter war platt. »Tu ich das? Wenn ja, hab ich allen Grund dazu. Die Kinder haben Geheimnisse vor mir.«

Opa strich seine silbernen Strähnen glatt. »Ach, Beate, was wäre das Leben ohne Geheimnisse?«

Ich nahm mir vor, auch ihm eine Mütze zu häkeln.

7. Dezember

Samstagmorgen. Ich hätte ausschlafen können. Das ging aber nicht. Ich war hellwach, weil ich an gestern dachte. An den Bummel über den Weihnachtsmarkt.

Auf meiner 1-10-Skala erreichte der Nachmittag leider nur die Marke 6. Das kam daher, dass Oskar nicht allein aufkreuzte, sondern mit Lukas im Schlepptau, und der klebte an uns wie Zweikomponentenkleber. Also unauflöslich.

Und erfahrungsgemäß machten Familienmitglieder jeden Anflug von einem Date zunichte, vor allem bei außenstehenden Beobachtern. Wenn man zwischen seinem Cousin und dessen Freund an der Waffelbude stand, dachte doch jeder, die nicht zur Familie gehörende Person sei rein zufällig dabei. Was in meinem Fall einen völlig falschen, nicht zu korrigierenden und sehr bedauerlichen Eindruck vermittelte. Als nämlich meine Exfreundin Jenny und einige andere Mädchen aus unserer Klasse auf uns zusteuerten, sahen sie zuerst nur Oskar und mich. Sie erstarrten, und dann trat dieser Ausdruck in ihre Augen, der ohne Worte signalisierte: *Warum bin nicht ich das Mädchen mit dem tollen Typen?*

Erst dann fiel ihr Blick auf Lukas. Der Ausdruck in den Augen wurde zu einem schadenfrohen Glitzern: *Wie peinlich – ein Familienausflug!*

Damit war ich der Loser und sie waren die Gewinner, und eigentlich hätte es der Nachmittag höchstens auf die 1 geschafft, wenn Lukas nicht plötzlich einen Anruf von seiner Ma, meiner Tante Silvie, bekommen hätte. Die war nämlich total am Ende, weil sie Markus trotz Hausarrests zu Ma geschickt hatte, um eine zusätzliche Lasagne-Form auszuleihen. »Unsere Nachbarn kommen zu Besuch, und natürlich hat er mir versprochen, sich zu beeilen. Aber das hat er nicht getan. Seit zwei Stunden warte ich auf ihn. Du musst ihn suchen, Lukas. Das ist deine Pflicht als großer Bruder«, jammerte sie ihm per Handy ins Ohr.

Lukas fluchte. Aber was blieb ihm übrig? Und uns? Wir suchten den Weihnachtsmarkt nach Markus ab. Selbst da meinte Lukas noch, er müsse Schweizer Sennenhund spielen – er trabte ständig so dicht neben mir her, als müsse er sein Frauchen vor Gefahren aller Art schützen. Warum? Keine Ahnung. Ich hätte ihn hinter den Mond schießen können, wirklich!

Plötzlich tauchten zwischen all den unbekannten Gesichtern zwei sehr bekannte auf: Markus und mein Bruder Olli. Was hatte der auf dem Weihnachtsmarkt zu suchen?

Sie redeten auf einen größeren und älteren Jungen ein, der immer wieder den Kopf schüttelte. Dann wanderte ein kleines Päckchen aus der Hand des Großen in die von Markus. Der Große nickte kurz, schlängelte sich durch die Menge und war verschwunden.

Ich fragte mich gerade, ob mein kleiner Bruder mit Drogen dealte, da brüllte Lukas genau wie in einem *Tatort*: »Zugriff!«. Er flitzte ziemlich rücksichtslos zwischen den Leuten durch und packte seinen Bruder am Arm.

»Lass mich los!«, brüllte der sofort – und sah erst dann, wer ihn festhielt. »Du bist's … Mensch, hast du mich erschreckt!«

»Wo ist die Lasagne-Schüssel?«

»Ach du heilige Sch–«

Lukas schüttelte ihn. »Markus!!!«

»Die haben wir noch nicht abgeholt.«

»Das heißt«, stellte Lukas ziemlich fassungslos fest, »ihr seid gleich auf den Weihnachtsmarkt gegangen? Mensch, Olli, du hast doch auch Hausarrest!«

»Na und? Die Gelegenheit war günstig …«

»Um zu dealen?«

»Mathilde!«, schrien beide. Ihr Entsetzen war nicht gespielt. »Das würden wir nie! Dealen!!! Nie im Leben!«

Um es kurz zu machen: Markus und Olli hatten wirklich nicht gedealt. Im Päckchen waren nur grüne Knallfrösche. »Für Silvester«, erklärten sie.

»Es ist aber Weihnachten, das vor der Tür steht«, meinte Oskar.

Markus grinste. »Ja, aber gleich danach kommt Silvester.«

Lukas zupfte an dem Päckchen herum. »Diese Art Knallfrösche dürfen erst nach Weihnachten verkauft werden. Wer war der Typ, von dem ihr sie habt?«

Markus und Olli hielten erwartungsgemäß den Mund. Lukas zog

das Handy aus der Tasche, rief seine Mutter an, sagte, Markus hätte einen kleinen Abstecher über den Weihnachtsmarkt unternommen, sei jetzt aber auf dem Weg nach Hause.

»Hast was gut bei uns«, meinten die beiden und Markus flitzte los.

Oskar fand, der Knallfroschverkäufer komme ihm irgendwie bekannt vor, aber weil Olli behauptete, er habe ihn gerade zum ersten Mal gesehen, vergaßen wir die Sache.

Warum der Nachmittag bis zur 6 auf der Skala kletterte?

Das hatte – ausgerechnet – mit Olli zu tun, den wir ungesehen ins Haus schmuggeln mussten.

Oskar und Lukas kamen mit zu mir nach Hause wegen der Auflaufform, und Oskar lenkte Ma ab, indem er sie fragte, ob er mich morgen, also heute, zu einem Weihnachtsmarktbummel abholen könne. Haben wir doch gerade gemacht, wollte ich Dussel sagen. Da sah ich, wie er mir ein Zeichen gab, den Mund zu halten.

Was ich dann auch tat. Meine Ma (die gar nicht mitbekommen hatte, dass ich durch den bereits stattgefundenen Weihnachtsmarktbesuch später nach Hause gekommen war – umso besser!) wollte von Oskar wissen, ob auch noch andere Jungs dabei seien.

»Ja. Vermutlich Lukas.«

»Also kein komischer Nikolaus?«, hakte Ma nach.

»Dafür kann ich nicht garantieren«, erwiderte Oskar skeptisch. Mein Herzschlag setzte wieder mal aus. »Zwischen den Buden laufen immer welche herum. Die können echt lästig sein.«

»Die Sorte zählt nicht.« Ma hielt ihm einen Teller mit selbst gebackenen Kokosmakronen vor die Nase. Kokosmakronen waren mir die liebsten Plätzchen von allen. »Greif zu, Oskar.« Sie stutzte. Die Haustür fiel ins Schloss, und Lukas, der angeblich auf der Toilette war, tauchte auf. Er zwinkerte uns zu als Zeichen dafür, dass Olli im Haus war.

»Gerade noch gemerkt, dass mir mein Schlüssel aus der Jackentasche gefallen ist«, sagte er und hielt den Schüssel wie zum Beweis in die Höhe. »Lag draußen vor der Tür.«

Ma nickte nur und nahm sich auch eine Makrone. »Ich dachte an eine andere Sorte Nikolaus.«

Halt den Mund, Ma! Das ist ja nur peinlich!, flehte ich im Stillen. Umsonst.

Sie sagte: »Wir haben nämlich ein Problem. Eine Person, die sich als Nikolaus tarnt, belästigt unsere Tochter. Wir sind ziemlich in Sorge.«

»Sie wissen nicht, wer dieser Nikolaus ist?«, wollte Oskar wissen.

Ma schüttelte den Kopf. »Mathilde wird natürlich keine seiner Mails beantworten. Das Gute ist, dass er, wie's aussieht, aufgegeben hat; gestern kam keine Mail mehr an.«

Ich hasste es, wenn Erwachsene so taten, als stünde man nicht neben ihnen! *Mathilde wird natürlich keine seiner Mails beantworten* – ja, wo waren wir denn?! War ich etwa ein Geist?

Oskar nahm sich noch eine Makrone. »Der Nikolaus hat aufgegeben? Ganz sicher?«

Ich sagte so harmlos wie nur was: »So sieht's aus.« Und weil mich Ma geärgert hatte, ärgerte ich sie auch. »Eigentlich schade.«

Sie reagierte auf Knopfdruck. »Mathilde! Man spielt nicht mit dem Feuer!«

»Feuer?« wiederholte ich. »Ich seh keins.«

Na ja. Oskar und Lukas gingen dann.

Jetzt war Samstagmorgen. Ich lag immer noch im Bett und konnte nicht mehr schlafen. Zu viele Dinge hielten mich wach.

Das eine war: Wie brachte ich meinen Eltern die 5- in der Englischarbeit bei?

Das andere: Oskar war okay. Die Mädchen in meiner Klasse (und andere) himmelten ihn an. Aber Oskar war Lukas' Freund. Ich kannte ihn schon ewig. Was bedeutete, dass das Überraschungsmoment fehlte. Und damit das Wichtigste. Jedes Mädchen weiß, dass genau das Unbekannte eine Beziehung zum Kribbeln brachte. Bei dem Typ, den mir der Nikolaus vermitteln könnte, wäre eine Überdosis Unbekanntes im Angebot. Was die Sache extraspannend machte. Plötzlich saß ich senkrecht im Bett. Die WollAG! Wenn wir Mädchen die Jungs durchhechelten, waren die Meinungen geteilt. Die einen gaben Oskar 100 Punkte, die anderen Johannes.

Ich persönlich fand Johannes eigentlich zu eingebildet. Er meinte

Für dich
Für dich
Frohes Fest
Für dich
Für dich

Für dich
Für dich
Für dich
Frohes Fest
Für dich

tatsächlich, er könne jede bekommen. Das stimmte wirklich nicht, aber ich hatte gehört, wie er auf dem Schulhof gesagt hat: »Letztens war ich mit Miriam im Kino. Zugegeben, sie hat tolle Haare, aber Sabine küsst sagenhaft gut.« Ich fand so was mies. Trotzdem – wenn ich Johannes bekäme, würde ich drüber wegsehen. Schon deshalb, weil ich Jenny eins auswischen könnte. Johannes wäre eine echte Herausforderung. Aber ob der Nikolaus ausgerechnet ihn an mich vermitteln wollte?

Weil ich es im Bett nicht mehr aushielt, schlich ich mich nach unten und setzte mich an den PC.

Im Haus war es mucksmäuschenstill. Und kalt, weil sich die Heizung noch ans Nachtprogramm hielt. Von der Straßenbeleuchtung draußen fiel ein bisschen Licht ins Zimmer. Der PC fuhr hoch, zum gelben Licht gesellte sich das Blau des Bildschirms, und – da war die neue Nachricht! Gesendet um Mitternacht!

Liebe Mathilde,

die Rentiere sind angeschirrt, mein Knecht sitzt schon auf dem Schlitten, ich muss los. Leider hast Du mir nicht geantwortet. Ich muss handeln.

Nikolaus

Fast hätte ich aufgeschrien. Wie bitte? Er musste handeln? Das bedeutete, dass er meiner Exfreundin den Jungen vermitteln würde! Also das ging gar nicht.

Mit fliegenden Fingern tippte ich:

Hey, Nikolaus,

warte!!! Ich hoffe, nicht zu spät dran zu sein, weil: Ich schau mir den Jungen mal an. Wenn er mir nicht gefällt, kannst Du ihn gerne an Jenny weitervermitteln.

Mathilde

Ich schickte die Mail ab. Dann löschte ich die vom Nikolaus und meine natürlich auch, ging wieder ins Bett und schlief ein.

Dann, am Nachmittag, die Mütze für meinen Pa war fast fertig, holte mich Oskar pünktlich um drei Uhr ab.

»Sag mal«, fragte er, als wir außer Sicht waren, »wirst du wirklich von einem Unbekannten belästigt?«

»Na ja … belästigt nicht gerade«, wich ich aus.

»Aber?«

»Du kennst doch die Geschichte. Jemand spielt Nikolaus und will mir einen Freund vermitteln.« Das hörte sich so idiotisch an, dass ich noch sagte: »Dabei hab ich schon einen Freund.« Oskar musste ja nicht alles wissen.

»Du hast einen Freund?«, wiederholte Oskar und blieb stehen. »Wieso weiß ich das nicht?«

»Weil du nicht der Nikolaus bist. Deshalb.«

Er schaute mir in die Augen. »Wenn ich's aber wäre?«

Ich musste lachen. »Komm schon! Erstens hast du selbst gesagt, du seist nicht der Nikolaus, und zweitens trau ich dir die blöden Mails nicht zu, die ich bekomme.«

»Du findest sie blöd? Was schreibt dir der Nikolaus denn so?«

Ich zuckte die Schultern. »Wie er mit seinen Rentieren vorm Schlitten durch die Luft saust und Geschenke verteilt. Alles andere ist nicht der Rede wert, glaub mir.«

8. Dezember

Am Sonntagmorgen weckte mich Olli mit einer neuen Mail.

Liebe Mathilde,

gerade komme ich von meiner Tour zurück. Die Schlittenfahrt durch die Nacht war wieder mal herrlich; über mir glitzerten abertausend Sterne, unter mir leuchtete der Schnee, und die Lichter der Städte und Dörfer funkelten wie kleine Glühwürmchen. Manchmal trafen wir einen Engel auf seinem Botenflug. Er setzte sich dann zu uns auf den Schlitten und ruhte sich eine Weile aus. Nur einmal verhedderte sich einer mit seinen Flügeln in den Zügeln der Rentiere. Das gab vielleicht ein Kuddelmuddel, bis alles wieder entwirrt war. Fast wären wir abgestürzt, aber alles ging gut.

Jetzt sitze ich daheim in meiner warmen Stube, trinke heißen Tee, wärme mich auf und lese dabei die neueste Ausgabe des Himmlischen Boten *mit den Berichten glücklicher Kinder, die sich für meine Gaben bedanken. Meine Katze sitzt auf meinem Schoß und schnurrt. Das hört sich an wie Schlittenkufen, wenn sie über den festgefrorenen Schnee gleiten. Meine nassen Socken und die Handschuhe trocknen an der Stange über dem Ofen, mein Knecht hat die Rentiere gefüttert, und jetzt brät er uns zwölf Spiegeleier mit einer Menge Speck. Mein Magen knurrt schon voller Erwartung.*

Aber das alles wird Dich nicht interessieren, liebe Mathilde. Bis das Essen fertig ist, habe ich noch Zeit, Dir das Wichtigste mitzuteilen, und das ist, dass Deine Antwort mich leider zu spät erreichte. Ruprecht, mein Knecht, ist auch mein Sekretär. Er erledigt die Routinearbeit und hat, fleißig wie er nun mal ist, die Adresse des Jungen, den ich eigentlich für Dich vorgesehen hatte, dem Mädchen Jenny gemailt. Ihre Antwort ist inzwischen eingetroffen. Sie ist überglücklich, denn der Junge scheint der Schwarm vieler Mädchen zu sein. Ich hätte ihn Dir gegönnt, liebe Mathilde, aber da Du ja bereits einen Freund ohne meine Hilfe gefunden hast, solltest du Dich mit dieser Jenny wieder aussöhnen. Woher ich weiß, dass ihr Streit hattet? Von einem meiner himmlischen Boten natürlich; die Engel sehen alles, hören alles und kümmern sich um den Frieden auf Erden. Leider gelingt es ihnen nicht immer und überall, aber in Eurem Fall braucht's ja keine langwierigen Konferenzen. Sprecht miteinander, reicht Euch die Hände, und der Kittel ist geflickt.

Die Spiegeleier sind fertig, deshalb nur noch schnell Folgendes:

Da Du Dir selbst Deinen Wunsch erfüllt hast, hast Du was gut bei mir. Falls Du Dir also zu Weihnachten noch etwas wünschst, solltest Du mir schleunigst eine Mail schicken.

Jetzt muss ich Schluss machen; mein Knecht mag es gar nicht, wenn das Essen kalt wird.

Ich wünsche Dir einen schönen 2. Adventssonntag und erwarte Deine Antwort.

Beste Grüße von

Nikolaus und Ruprecht

Ich ließ das Blatt sinken. Das war's wohl. Was für ein Pech! Ausgerechnet Jenny …

Olli schlüpfte zu mir ins Bett und gemeinsam starrten wir auf die Mail. »Also das mit den Himmlischen Boten, die alles sehen und alles hören, ist natürlich Quatsch«, sagte er verächtlich. »Der Nikolaus ist jemand, der dich kennt. Ist doch klar, oder?«

Ich nickte. »Absolut. Was ich nicht versteh, ist das ganze Gesülze. Von wegen Sterne, Schnee und Glühwürmchen. Nächtliche Schlittenfahrt und so. Warum schreibt er das?«

»Wenn du mich fragst«, Olli knüllte das Kopfkissen zusammen, »hat das ein Mädchen geschrieben. Socken, die am Ofen trocknen. Spiegeleier mit Speck. Katze auf dem Schoß. Kein Junge schreibt so was.«

»Ich weiß nicht … Vielleicht will der Typ, dass wir das glauben.«

»Um Spuren zu verwischen? Um dich in die Irre zu führen?« Olli schnaubte. »Könnte sein. Wenn's nicht doch ein Mädchen ist.«

»Ich glaub's nicht. Allerdings, wenn ich lese, dass Jenny überglücklich ist, könnte es schon sein.«

Meiner Exfreundin Jenny war der *Schwarm vieler Mädchen* praktisch in den Schoß gefallen. Mann, war ich blöd! Ich Volltrottel

hatte ihr die erste Mail gezeigt! Ich hatte ihr gesagt, ich würde sie niemals beantworten! Und dann hatte ich auch noch eine Lüge hinterhergeschoben: Ich hätte schon einen Freund!

Moment mal ... »Olli, dass ich einen Freund hab, war gelogen. Aber die Lüge hat nur Oskar gehört! Weißt du, was das bedeutet?«

»Dass Oskar der Nikolaus ist. Ja, daran hab ich auch schon gedacht. Aber ehrlich, Mathilde, Oskar würde sich eher die Finger abhacken, als so 'ne dusslige Mail mit Glühwürmchen und Himmlischen Boten zu schreiben. Solche Wörter hat er einfach nicht im Hirn. Glaub ich mal.«

Wir schwiegen eine ganze Weile. »Oskar«, wiederholte Olli dann leise. »Ne, du, der ist's nicht.«

»Und warum?«

»Deshalb«, Olli zeigte auf die Stelle *solltest Du mir schleunigst eine Mail schicken*. »Mal angenommen, der Nikolaus ist kein Mädchen, dann will der Typ was von dir. Das schreibt man doch nicht einfach so. Glaubst du, Oskar ist in dich verliebt? Nie im Leben; Mann, der kennt dich doch seit ewigen Zeiten. Weißt du, was ich glaube?«

»Sag's mir.«

»Die Wunschzettel sind doch alle im großen Sack gelandet. Wo war der? In Lenis Kindergarten. Und die Betreuer haben die Briefe gelesen, stimmt's?«

»Richtig.«

»Vielleicht haben andere Leute die auch gelesen. Mütter, Väter, Brüder, Schwestern. Irgendwelche Besucher. Und weil du ganz groß mit *Mathilde* unterschrieben hast, musste einer nur fragen, wer denn diese *Mathilde* ist. Jetzt macht sich der oder die einen Spaß daraus, dich mit blöden Mails zu nerven.« Olli verschränkte die Hände hinterm Kopf. »Oder eben um dir zu signalisieren, dass er in dich verliebt ist. Ich frag mich aber, wer sich in dich verlieben könnte. Ich könnte es nicht.«

»Du bist auch mein kleiner Bruder«, entgegnete ich ätzend. »In dich könnte ich mich auch nicht verlieben.«

»Das will ich doch hoffen!« Olli verdrehte zuerst die Augen, dann blinzelte er und fragte so richtig listig: »Jetzt willst du wohl nicht mehr wissen, wer der Nikolaus ist?«

Ich funkelte ihn an. »Jetzt erst recht!«

»Aha.« Olli grinste. »Du weißt, ich könnte dir helfen.«

»Willst du einen Hellseher engagieren? Darüber haben wir doch schon nachgedacht, aber du hast noch eine Woche Hausarrest«, erinnerte ich ihn.

»Na und? War ich nicht auf dem Weihnachtsmarkt? Ich und der Markus?«

»Du meinst …?«

»Fast kein Problem.« Er grinste immer noch.

Mich interessierte nicht nur der Name des Nikolaus. Ich wollte auch wissen, was er Jenny mailte. Das zu erfahren dürfte nicht schwer sein, überlegte ich. Wie ich meine Exfreundin kannte, zeigte sie aller Welt die Mails. Genau wie Sebastian Vettel den Pokal, wenn er wieder mal ein Rennen gewonnen hatte.

»Okay«, sagte ich zu Olli. »Wie gehst du vor?«

Er grinste so frech wie er konnte. »Du wolltest ja, dass ich Jenny beschatte. Gute Idee, aber meine ist besser. Was gibst du mir, wenn ich dir den Namen beschaffe?«

Typisch kleiner Bruder. Umsonst machte der nichts. »Mal sehen«, wich ich aus.

»So geht das nicht«, protestierte er. »Sag Ma und Pa, dass ich ein Computerspiel möchte.« Er nannte den Namen. »Und sorg dafür, dass ich's bekomme.«

»Ich geb mein Bestes«, versprach ich erleichtert. »Aber garantieren kann ich für nichts.«

Er murrte noch ein bisschen, wusste aber, dass ich wirklich nicht mehr versprechen konnte.

Am Nachmittag würde Tante Silvie samt Familie zum Kaffee kommen, doch als sie pünktlich um 15 Uhr auf der Matte standen, war Oskar auch dabei.

»Habt ihr den adoptiert?«, wollte Olli gleich wissen.

»Schön wär's!« Oskar schenkte meiner Ma einen Mistelzweig an einem roten Seidenband. »Mir war so langweilig«, erklärte er und

Für dich
Frohes Fest

Frohes Fest
Für dich

lächelte sie dabei so warmherzig an, dass sie sofort versicherte, sie freue sich über seinen Besuch.

»Die Mistel hing über einer Haustür; die hat er für dich geklaut, Tante Beate«, piepste Leni.

Oskar runzelte die Stirn. »Hab ich das?«

Mein Vater verlangte, er müsse die Mistel umgehend zurückbringen.

»Mach ich«, versicherte Oskar bereitwillig. »Jetzt sofort? Oder reicht's auf dem Heimweg am Abend?«

Wir fanden, er könne erst noch Kaffee trinken, und als wir alle am Tisch saßen, den Stollen gelobt, den Adventskranz bewundert und die Strohsterne am Fenster gezählt hatten, trat Stille ein. In genau diese Stille platzte Lenis Frage. »Hat der Nikolaus deinen Wunsch schon erfüllt, Mathilde?«

Meine Eltern erstarrten. O Gott! Und überhaupt – diese Frage konnte ich nicht beantworten! Ein JA wäre eine Lüge. Mit einem NEIN würde ich mich blamieren.

Die Stille dauerte an. »Er arbeitet daran«, sagte ich schließlich.

Ma war sofort auf hundertachtzig. »Was heißt das? Du bekommst doch keine Mails mehr, oder?«

Ich hätte schreien können: das Thema Cypermobbing wurde wieder durchgekaut. Bis Leni sagte: »Der Nikolaus ist ein guter Mann. Der würde dir nie was Böses antun.«

Da lachten die Erwachsenen. Wir anderen beluden unsere Teller mit Stollen und Lebkuchen und gingen in Ollis Zimmer. Ich setzte mich etwas abseits auf den Boden, um Oskar genau anzusehen. Oskar, der seit der Sandkastenzeit Lukas' Freund war. Den ich schon kannte, als ich noch nicht mal laufen konnte. Der praktisch zu Tante Silvies Familie und damit zur erweiterten Großfamilie gehörte. Dem eine Haarsträhne immer ins Gesicht fiel, egal wie oft und wie energisch er sie zurückschob. »Sag mal«, platzte es aus mir heraus, »kannst du mir einen Rat geben?«

Erstaunt hob er eine Augenbraue. »Wieso ich? Wieso nicht Lukas?«

Gute Frage. »Weiß nicht«, stotterte ich. »Vielleicht, weil du nicht direkt zur Familie gehörst?« Und mich (das aber auch nur vielleicht) nicht automatisch für blöd hältst, fügte ich in Gedanken hinzu.

»Du meinst, so als neutraler Beobachter?«

Ich nickte erleichtert. »Genau.«

Er rutschte näher. »Also?«

»Die Sache mit dem Nikolaus …« Gott, war das peinlich! »Olli und ich haben uns gefragt … Also was den Nikolaus betrifft … Könnte ein Mädchen die Mails geschrieben haben?«

Niemand, nicht mal der allerbeste Schauspieler, könnte so erstaunt die Augen aufreißen wie Oskar. »Ein MÄDCHEN? Mathilde, das ist … also das wäre ja abartig. Wie kommst du überhaupt auf eine so aberwitzige Idee?«

Ich hob die Schultern. »Also nein?«

Er zögerte. »Kann ich mal eine Nikolausmail lesen? Vielleicht die, die als letzte angekommen ist?«

Niemals, dachte ich zuerst. Dann gab ich mir einen Ruck. »Komm mit.«

In meinem Zimmer schob ich die mittlere Schublade meiner Kommode heraus und löste die unten mit Tesafilm angeklebten Mails. »Wenn meine Ma die finden würde, wäre die Hölle los.«

Und genau in dem Moment hörten wir Stimmen auf dem Flur.

9. Dezember

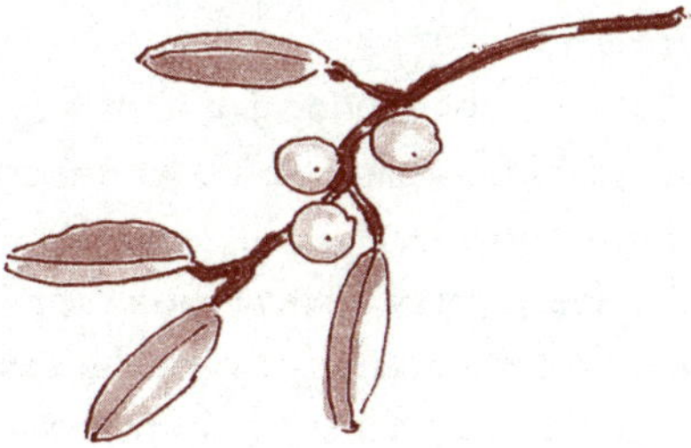

Das war knapp gewesen! Die Stimmen kamen immer näher, und ich stopfte geistesgegenwärtig die Blätter unters Kopfkissen, und schon platzte Ma herein. Ohne anzuklopfen natürlich. »Ach, hier seid ihr! Warum seid ihr nicht bei den anderen?« Das Misstrauen sprang ihr aus den Augen.

Meine Hände zitterten; ich versteckte sie hinterm Rücken.

Oskar lächelte. »In der Adventszeit geht's um Geheimnisse.«

»So?« Ma konnte ein echter Drache sein. »Ihr habt also Geheimnisse?«

»Natürlich. Wer freut sich denn über ein Geschenk, das keine Überraschung ist?«

Ma rieb sich den linken Nasenflügel, was bedeutete, wie man inzwischen wusste, dass sie sauer war. Oder unsicher. Oder beides zusammen. »Ehrlich gesagt glaub ich dir kein Wort, Oskar.«

»Das sollten Sie aber«, versicherte er ernst. »Es geht uns wirklich um ein Geheimnis. In der Adventszeit handelt es sich hierbei naturgemäß um ein Weihnachtsgeschenk. Stimmt's, Mathilde?«

Ich nickte so ausdauernd mit dem Kopf wie ein Wackeldackel auf der Ablage eines Autos. »Stimmt, Ma. Übrigens – du störst. Und du rubbelst die Haut vom Nasenflügel.«

Als sie endlich gegangen war, schob ich sofort die Stuhllehne unter die Türklinke, weil der Schlüssel längst unauffindbar war – ich verdächtigte Ma, ihn abgezogen und versteckt zu haben. Zuzutrauen wär's ihr. »Ist deine Mutter auch so ätzend?«, wollte ich wissen.

Oskar schüttelte den Kopf. »Verglichen mit meiner ist deine Mutter ein süßer Engel.«

Ich setzte mich neben ihn. Wir lächelten uns an; Mütter! »Ich glaub ja«, sagte Oskar, »dass meine nur so misstrauisch ist, weil sie sich an ihre eigene Jugend erinnert. Vergiss nicht: Damals gab's noch keine Mails und keine Handys. Da musste man sich was einfallen lassen, wenn man sich mit seinem Freund treffen wollte.«

»Und die Eltern durften das nicht wissen«, ergänzte ich. »Lies endlich.«

»Schon dabei.« Er las, runzelte die Stirn, grinste. Hob den Kopf und sagte: »Ich weiß nicht so recht, Mathilde. Wir Jungs würden natürlich niemals eine solche Mail schreiben. Du solltest aber bedenken, dass der Nikolaus kein gewöhnlicher Mensch ist. Der Nikolaus ist jemand, der mit seinen Rentieren redet. Der Wünsche erfüllt. Bei dem schon mal ein Engel an die Tür klopft. Oder sich neben ihn setzt. Im Schlitten, meine ich.« Er tippte auf das Blatt.

Ich starrte ihn an, als wäre er direkt durch den Kamin gerutscht und auf mein Bett geplumpst. »Sag mal, bist du verrückt geworden?«

Mit einer Handbewegung wischte er die Frage beiseite. »Aber das sind nur Nebensächlichkeiten.«

Mein Ton war so ätzend wie eine Mischung aus Essig und Zitrone. »Was du nicht sagst. Und was ist, deiner Meinung nach, die Hauptsache?«

»Ist doch offensichtlich, Mathilde. Der Nikolaus ärgert sich über dich. Er will dir was Gutes tun ...«

Ich schnaubte.

»... und was ist?«, fuhr er unbeirrt fort. »Du kapierst das nicht. Kein Wunder, dass er enttäuscht ist und sich an diese Jenny da«, er wedelte mit dem Blatt, »wendet. Würde ich auch tun, wenn ich Nikolaus wäre.«

Da war wieder diese Haarsträhne, die ihm in die Stirn fiel. Mit dem Zeigefinger schob ich sie zurück.

»He! Was machst du da?«

Als hätte ich mich verbrannt, ließ ich meine Hand in den Schoß fallen. »N...nichts«, stotterte ich. »War nur so ein Reflex.«

Warum hatte ich das getan? Keine Ahnung. Verlegen starrte ich auf den Fußboden. Schwieg und spürte, wie mein Herz klopfte. Viel schneller als sonst. Das war komisch. Ich meine, dafür gab's doch keinen Grund. Oskar war Oskar. Trotzdem ... Bisher rangierte er auf meiner persönlichen Skala auf der 0 (neutral), jetzt war er auf die 5 geklettert. Oder sogar noch höher. Das war wirklich sehr komisch. Ich schüttelte den Kopf und schob Oskar wieder auf die 0.

»Also, mal zusammengefasst«, sagte ich dann. »Du glaubst nicht,

dass ein Mädchen dahintersteckt und dass der Nikolaus sauer ist.«

»Genau. Und wenn du noch einen Rat möchtest…« Oskar räusperte sich. Einmal, zweimal. »Wie wär's, wenn du ihm mailen würdest, du würdest immer noch einen Freund wollen? Denn du hast doch eigentlich keinen, oder? Das war doch gelogen.«

Wie bitte? »Das geht dich gar nichts an«, fauchte ich ihn an. »Und ich werd dem das garantiert nicht schreiben!« Mist, damit hatte ich mich verraten, dass ich tatsächlich gelogen hatte.

Oskar legte das Blatt auf die Bettdecke. »Dann willst du wirklich keinen Freund?«

»Schon. Klar will ich das. Aber das zugeben? Nie im Leben! Soll er den tollen Typ doch Jenny schenken. Geht mich nichts an.« Ich kreuzte die Arme vor der Brust. »Lieber bleib ich Single.«

Oskar sagte leise: »Ich hab dir meinen Rat gegeben.«

»Ja. *Den* wollte ich aber gar nicht haben!«

»Schade.«

Damit war die Sache beendet und wir gingen wieder zu den anderen in Ollis Zimmer.

Bevor ich am Montagmorgen zur Schule ging, steckte ich vorsichtshalber – meiner Mutter war alles zuzutrauen – die Nikolausmails in mein Biobuch. Das Wetter war einfach mies; es war kalt und nieselte. Wenn's wenigstens geschneit hätte, hätte ich mich gefreut. Aber die feuchte Kälte war extrem unangenehm. Ich zog die Mütze tiefer ins Gesicht und beobachtete die Jungs, die um Jenny herum standen. Das waren ein paar aus unserer Klasse, auch Dietmar, der Stinker war darunter, sowie Lukas und Johannes, der Angeber. Der ließ eine Schokokugel in Goldfolie vor Jennys Nase baumeln. Sie lachte, und ich hörte, wie sie sagte: »Die schenkst du mir? Oh, vielen Dank!«

Sie steckte die goldene Kugel in die Jackentasche, holte ein zusammengefaltetes Blatt heraus, entfaltete es umständlich und – hielt es den Mädchen vor die Nase. Ganz wie Sebastian Vettel den Siegespokal. Nur dass sie das Blatt nicht auch noch küsste. Das wäre natürlich voll peinlich gewesen. Die Mädchen machten *Uiii* und *Huhuhu* und guckten neidisch. Dann legte Jenny ihre Hand auf Johannes' Ärmel. Der lächelte sie an und legte seinerseits den Arm um ihre Schultern. Ich schluckte. Jeder Depp konnte sehen, wie glücklich meine Exfreundin war. Und wie toll sie mit ihren langen blonden Haaren aussah, mit den neuen Stiefeln, der knallroten Steppjacke, der selbst gehäkelten Mütze und den passenden Handschuhen. Ganz zu schweigen von dem Schal, den sie lässig um den Hals drapiert hatte.

Na gut. Im Grunde genommen war Jenny echt okay. Und den Johannes konnte sie gerne haben; ich persönlich fand ihn ja fast so unmöglich wie meinen Ex Fritz. Okay, wenn Jenny mit dem Johannes glücklich war, würde ich ihr tausendprozentig nicht im Weg stehen.

Überstürze nichts, ermahnte ich mich dann. Vorsicht ist die Mutter der Nikolausmails. Beobachte erst mal, was und ob sich da was entwickelt, dann kannst du immer noch mit deiner ehemaligen besten Freundin Frieden schließen.

Die Glocke schrillte, ich warf den Schulrucksack über die Schulter und drängelte mich an den anderen vorbei zum Eingang. Nicht, dass ich den Unterricht herbeisehnte, aber ich war ungern die Letzte. Wo mich doch alle wie eine Aussätzige behandelten.

Ich stapfte also die Treppe hoch. Plötzlich zupfte jemand am Ärmel meiner Steppjacke. »Mathilde.«

Ich drehte mich um. »Olli! Ist was?«

Mein kleiner Bruder nickte heftig. »Ich weiß jetzt, wer der Nikolaus ist«, flüsterte er. »Das heißt: Ich glaube, ich weiß es.«

Ich hielt den Atem an. »Und? Wer ist's?«

Jeder, der in die Schule ging, wusste, dass man in lebenswichtigen Augenblicken immer gestört wurde. Immer. So war's auch jetzt. Ein paar Jungs aus der Zehnten polterten treppab, boxten und knufften um sich und brüllten dabei: »Englisch im Physikraum! Welcher Depp hat sich das denn ausgedacht!?«

Ich hörte noch, wie Olli »Später, in der großen Pause!«, schrie, dann waren wir getrennt. Ich nahm allen Mut zusammen und ging

in mein Klassenzimmer. Auf das Tuscheln und die schadenfrohen Blicke hätte ich gerne verzichtet.

Auf den Platz neben dem Stinker auch.

Immer wenn er ein Heft oder ein Buch aus dem Rucksack holte, hüllte mich eine Woge Körpergeruch ein. Eklig war das. Nicht auszuhalten. Gut, ich hätte ihm eine Seife und ein Deo schenken können. Aber ob der Typ damit überhaupt etwas anzufangen wusste, war fraglich. Ich hielt den Atem an und beugte mich zu ihm rüber. »Sag mal, habt ihr zu Hause einen Fernseher?«

»Klar doch. Warum?«

»Guckst du manchmal Werbung?«

»Klar doch. Warum?«

Ich hielt mir das Taschentuch vor die Nase und tat so, als würde ich sie putzen. »Auch solche über Seife und so?«

»Klar doch. Warum?«

Seine Antworten waren so penetrant wie sein Körpergeruch.

»Dann weißt du also, wozu Seife gut ist?«

Er stutzte. »Zum Waschen, oder?«

»Kluger Junge«, lobte ich ihn. »Dann benutze sie auch.«

»Klar doch. Warum?«

Dietmar war ein absolut hoffnungsloser Fall. Nachdem ich das erkannt hatte, nahm ich mir vor, mich mit Jenny auszusöhnen – alles war besser und leichter zu ertragen als der Platz neben dem Stinker. Um zu überleben, schritt ich zur Tat.

In der 5-Minuten-Pause ging ich vor zu Jenny. »Können wir reden?«

»Wir?« Sie hob die Augenbrauen. Die waren frisch gezupft und hatten den perfekten Bogen. »Reden? Können schon«, sagte sie hochnäsig. »Aber ob ich will?«

»Du willst«, sagte ich und blickte ihr dabei tief in die Augen. »*Ich tausche mein Salami- gegen dein Nutellabrot*.«

Das war unser geheimes Signal gewesen. Immer wenn wir was Wichtiges zu bereden hatten und nicht wollten, dass andere das mitbekamen, hatte wir den Code benutzt. Entweder: *Ich tausche mein Salami- gegen dein Nutellabrot*. Oder: *Ich tausche mein Nutella-*

gegen dein Salamibrot. Je nachdem eben, wer der anderen was sagen musste.

Und tatsächlich: Der Code funktionierte noch. »Komm mit«, sagte Jenny.

Auf dem Flur blieb sie stehen. »Okay. Was willst du?«

Alle Mädchen aus unserer Klasse waren uns gefolgten und beobachteten uns. Ich zog Jenny weiter bis in »unsere« Ecke.

»Müssen ja nicht alle alles wissen«, sagte ich und holte die Nikolausmail aus der Tasche meiner Jeans. Die, in der stand, dass Jenny die Adresse des »angesagtesten Jungen« bekäme, weil ich schon einen Freund hätte.

Wäre Jenny nicht so klug, wäre sie nicht meine Freundin. Sie las und hatte sofort den totalen Durchblick: »Dann bin ich ja nur die zweite Wahl, was?«

»Sieht fast so aus«, antwortete ich vorsichtig.

Der Anfang war gemacht. Morgen Nachmittag wollten wir uns im Starbucks treffen.

In der großen Pause tat mein kleiner Bruder dann sehr geheimnisvoll und flüsterte mir ins Ohr: »Dietmar hat mir gesagt, er würde den Nikolaus spielen!«

»Wie bitte?« Wenn das stimmte, wäre ich Rudolph, das Rentier mit der roten Nase. »Der STINKER? Das glaube ich nicht.«

Olli war beleidigt. »Dann frag ihn doch selbst.«

»Komm mit.« Ich packte meinen Bruder am Arm und zog ihn quer über den Hof, bis wir vor Dietmar standen. »Stimmt das? Du spielst Nikolaus?«

»Klar«, strahlte er uns an. »Im Kindergarten.«

Na bitte!

10. Dezember

Am Dienstag nach der Schule trafen Jenny und ich uns wie ausgemacht im Starbucks. Es war laut, es roch nach Kaffee und Kakao, nach Zimt und Zucker. Total gut also. Ich holte die Nikolausmails aus der Tasche, legte aber meine Hand darauf und fragte: »Ist Johannes dein Freund?«

»Vielleicht wird er's. Ich überleg's mir noch.«

»Er ist ein Angeber.«

»Er nimmt Reitstunden.«

Oh-oh! »Genau wie du.«

»Genau wie ich«, bestätigte Jenny. »Er ist schon ziemlich gut. Und das mit seiner Angeberei treib ich ihm aus. Das stört mich nicht. Auf jeden Fall behauptet er, er sei in mich verliebt.«

»Hast du dich in ihn verliebt?«

»Nein, aber das kann noch kommen. Die Reitstunden sind ein großes Plus.« Plötzlich lachte sie. »Dietmar hat sich in dich verliebt, Mathilde. Ist dir das klar?«

»Quatsch«, entgegnete ich empört. »Wer behauptet das?«

»Dietmar selbst.«

»Das interessiert mich nicht.«

Jenny beugte sich über den Tisch und sah mir tief in die Augen. »Was ist mit Johannes? Interessierst du dich für ihn?«

»Nein«, sagte ich entschieden. »Der gehört dir.«

»Gut. Dann reden wir über den Nikolaus. Eins weiß ich sicher: Johannes ist es nicht. Ich hab ihn gefragt, und ehrlich, Mathilde, ich glaube ihm.«

Der Nachmittag hatte die Marke 6 bereits überschritten; jetzt schnellte er auf die 9,5. Ich breitete die Mails aus. »Wer ist es dann?«

»Gute Frage.« Nachdem sie alle Mails gelesen hatte, lehnte sich Jenny zurück und sagte, genau wie Olli: »Der ist in dich verliebt. Fragt sich nur, wer es ist. Und warum er es dir nicht einfach sagt. Ich meine: Warum der Umweg über Mails!?«

»Wenn ich das wüsste!«

»Gehen wir zurück zum Anfang. Jemand hat deinen Wunschzettel gelesen. Wer –«

Ich schüttelte den Kopf. »Hab ich alles überprüft und nichts erreicht. Wir müssen anders vorgehen. Eigentlich hatte ich Olli vorgeschlagen, dich zu beschatten. Das war«, fügte ich hastig hinzu, »bevor ich wusste, dass Johannes in dich verliebt ist.«

Jenny wickelte eine Haarsträhne um den rechten Zeigefinger, sagte nichts, sondern starrte nur in ihren Becher, sodass ich schon fürchtete, sie sei wieder sauer. War sie aber nicht. Im Gegenteil. »Ich hab' eine Idee«, meinte sie schließlich verträumt. »Klappt aber nur, wenn du mir vertraust. Tust du das, Mathilde?«

»Wenn du mir schwörst, dass es dir mit Johannes ernst ist – dann ja.«

»Es *könnte* was Ernstes werden; sicher ist es noch nicht«, warnte sie mich. »Aber egal wer der Nikolaus ist – er gehört dir. Das schwöre ich dir.« Sie streckte drei Finger der rechten Hand in die Luft. Wo war die linke Hand? Man konnte nicht vorsichtig genug sein – die Linke lag auf dem Tisch. Gut so.

Ich atmete auf. »Ich vertraue dir.«

»Dann legen wir los. Es wäre ja gelacht, wenn wir zwei nicht besser wären als der Nikolaus.«

»Wie meinst du das?«

»Wir«, sagte Jenny, »werden den Nikolaus hinters Licht führen. Wir spielen mit ihm Katz und Maus, was bedeutet, dass wir ihn auf eine falsche Fährte locken.«

»Aha. Wie stellst du dir das vor?«

Es war warm im Starbucks. Die Leute lachten, wisperten, flüsterten sich Geheimnisse ins Ohr, zeigten Geschenke, die sie gerade gekauft hatten. Zwei Jungs, die uns gegenübersaßen, lachten schallend, vermutlich über einen blöden Witz. Drei aus unserer Parallelklasse kamen zusammen mit einem Schwall kalter Luft herein, winkten uns zu und debattierten am Tresen, was sie bestellen wollten. Mir fiel ein, dass ich noch kein Geschenk für Olli hatte. Und für Jenny auch nicht.

»Sag mal, träumst du etwa?«, fragte Jenny ungeduldig. »Was ist jetzt? Machst du mit?«

»Klar. Welches Lockmittel legst du auf die Fährte?«

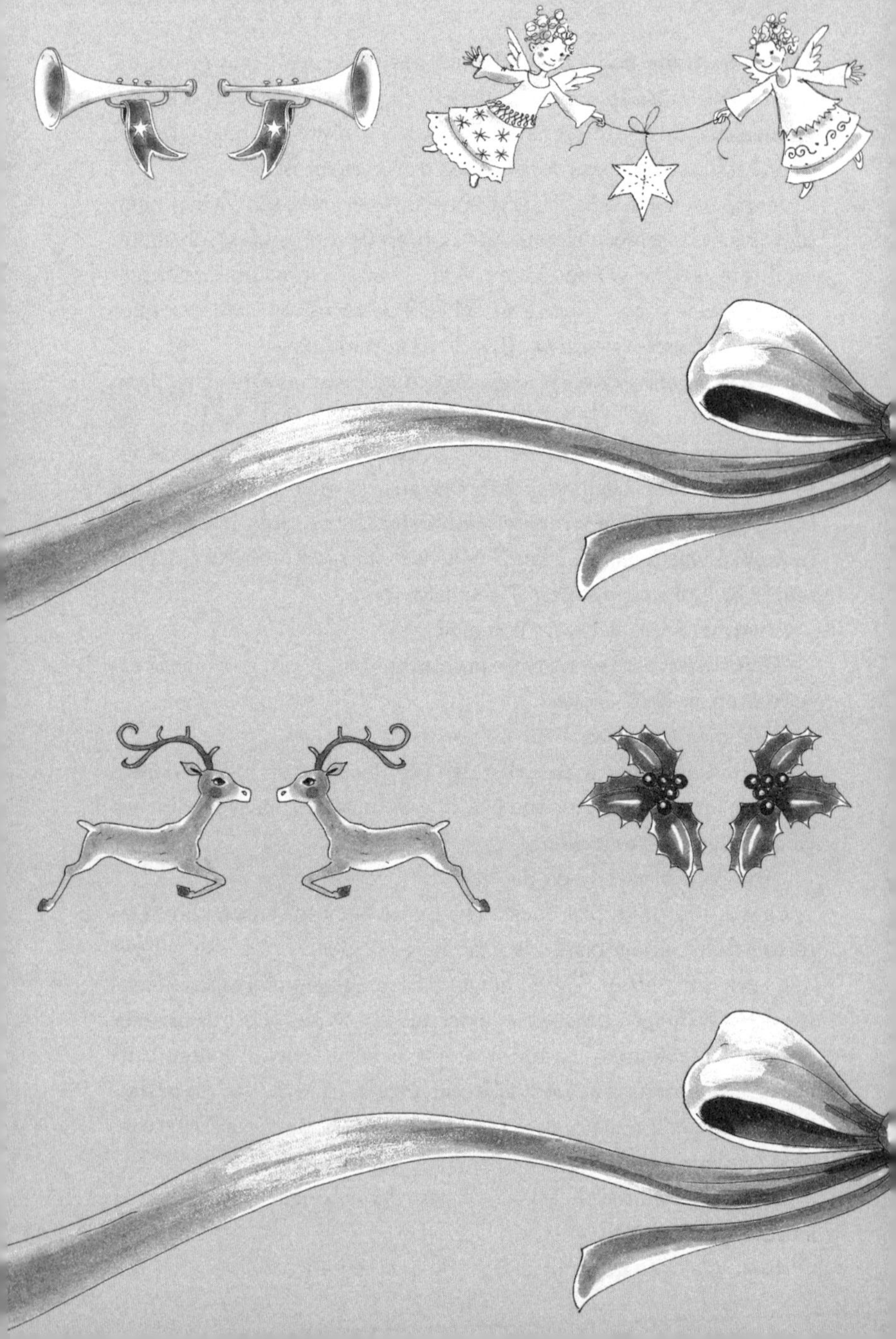

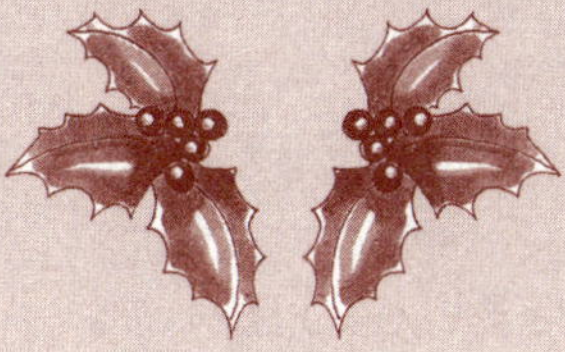

Jenny legte die Hand auf meinen Arm. »Ganz locker, ja? Der Köder bin ich.«

Ich erschrak bis ins Mark. Wenn nun doch … nur mal angenommen, der Oskar wäre … aber nein, das war so unwahrscheinlich wie nur was. Hatte er selbst gesagt … Oder etwa nicht? Ich schüttelte den Kopf. Ausgeschlossen. Oskar war nicht in mich verliebt. Wie sollte er auch, wo er mich doch schon kannte, als ich noch in Windeln rumkrabbelte …

»Vergiss nicht: Im Krieg und in der Liebe ist alles erlaubt«, sagte Jenny lachend. »Jede Täuschung. Jede Lüge. Einfach alles. Deshalb denken wir uns jetzt eine Mail aus, nach der der Nikolaus gar nicht anders kann, als sich zu erkennen zu geben. Einverstanden?«

»Gut«, sagte ich lahm. In der Liebe war jede Lüge erlaubt – stimmte das auch? Darüber nachzudenken war gerade nicht der richtige Augenblick. »Was schreiben wir?«

Jenny holte einen Stift aus ihrem Beutel und zeigte damit auf die Mail, in der stand, er würde die Adresse des Jungen an Jenny weitergeben. »Da haken wir ein.« Und sie schrieb:

Lieber Nikolaus,

meine Freundin Mathilde und ich sitzen gerade im Starbucks. Ich habe ihr Deine Mail gezeigt, weil ich einfach nicht glauben will, dass Du Dein Versprechen nicht hältst. Du hast mir nämlich geschrieben, Du würdest mir einen Freund schenken. Leider hat sich der bei mir noch immer nicht gemeldet, obwohl Deine Nachricht einige Tage alt ist.«

Sie hielt inne. »Bist du einverstanden?«

Ich war wie benommen; Jenny brauste ran wie ein Orkan. So schnell und genauso unerbittlich. »Ja«, hauchte ich. »Ich bin einverstanden.«

»Gut.« Sie nagte ein bisschen am Stift, dann schrieb sie weiter.

Einem Mädchen einen Freund zu schenken ist eine Angelegenheit, die gut überlegt sein will. Schließlich hängt davon das Glück von zwei jungen Menschen ab. Würdest Du sie enttäuschen, lieber Nikolaus, würde das bleibende Schäden hinterlassen. Das darfst Du nicht ris-

kieren. Aber natürlich kennst Du uns beide und weißt, dass Dein Geschenk in die richtigen Hände kommt.

Sie hob den Kopf. »Wie findest du das? Ist doch genial, was?«

»Du übertreibst«, sagte ich grob.

»Das muss ich, sonst nimmt er die Mail nicht ernst.« Sie war sehr entschieden, legte dann aber den Stift auf den Tisch. »Jetzt weiß ich nicht mehr weiter. Wie bringen wir ihn dazu, seinen Namen zu nennen?«

Genau. Das war das Allerallerwichtigste. Nie würde ich es mir verzeihen, wenn … wenn jemand, der mir auf einmal (nur ein bisschen!) wichtig geworden war, der falschen Fährte folgen und auf die Mail reinfallen würde.

»Schreib:

Es ist so toll, dass es Dich gibt, lieber Nikolaus. Ich möchte mich bei Dir bedanken. Klopf einfach an mein Fenster, wenn Du heute Nacht auf Deinem Schlitten vorbeifährst. Ich habe auch ein Geschenk für Dich.

»Das ist genial!«, rief Jenny, die, das wusste ich natürlich, in einem einstöckigen Bungalow wohnte.

Ich zwinkerte ihr zu und diktierte weiter:

Das tust Du doch? Enttäusche mich nicht, ich werde auf Dich warten.

Ich trank einen Schluck Kaffee und blickte dabei aus dem Fenster. »Jenny, es schneit«, sagte ich leise und zeigte hinaus. »Es schneit wirklich!«

Jenny schrieb:

Es schneit, lieber Nikolaus. Die Leute im Starbucks schauen ganz andächtig aus den Fenstern, weil die Flocken so groß sind. Grüße Deinen Knecht und die Rentiere, besonders den Rudolph mit der roten Nase. Wir wünschen Euch eine gute Schlittenfahrt!

Deine Jenny und Mathilde

PS: Bitte beachten! Der Junge geht an Jenny!!!

PPS: Vergiss nicht, an mein Fenster zu klopfen. Es ist das vierte von links, wenn Du vor unserem Haus anhältst.

»So«, sagte Jenny zufrieden, »das tippe ich sofort ab, wenn ich zu Hause bin. Und dann treffe ich mich mit Johannes im Reitstall.«

»Ich wünsche dir viel Glück mit Johannes. Soll ich ihm sagen, dass du dich in ihn verlieben möchtest?«

»Warum nicht?!« Jenny lachte. »Er ist ein bisschen langsam. Aber das macht nichts«, setzte sie hinzu. »Dafür bin ich umso schneller.«

Später radelte ich zum Reitstatt, der sich außerhalb des Ortes befand, was für mich bedeutete, dass ich quer durch die ganze Stadt musste. Hier waren die Straßen freigefahren, doch außerhalb lag der Schnee zentimeterhoch auf der Fahrbahn. Ich trat kräftig in die Pedale und alles ging bis zu der Stelle gut, wo das kleine Sträßchen zum Stall abzweigte. Da kam mein Rad auf einmal ins Schlingern – unterm Schnee musste sich Eis gebildet haben, das ich nicht sehen konnte. Das Rad kippte zur Seite, und bevor ich überhaupt einen Gedanken fassen konnte, lag ich am Boden. In genau diesem Augenblick fuhr ein Auto so knapp an mir vorbei, dass mich der Luftzug streifte. Mann, dachte ich entsetzt, da begeb ich mich in Lebensgefahr, nur um meiner Freundin zu einem Freund zu verhelfen. Wenn das nicht Nächstenliebe war!

Am Hang drehten die Räder durch, ich musste absteigen und schieben und überlegte dabei, was ich zu Johannes sagen könnte.

Zu plump durfte ich nicht vorgehen, doch da der Junge anscheinend nicht der Helleste war, musste es schon deutlich genug sein …

Meine beste Freundin ist in dich verliebt; wie steht's mit dir?

Das war zu direkt, das ging gar nicht.

Wie wäre es mit: Hallo! Gut, dass ich dich treffe. Stimmt es, dass dir meine Freundin nicht gleichgültig ist? Wenn ja, lass es sie gefälligst wissen!

Das war besser, aber auch nicht gerade prickelnd. Und freundlich schon gar nicht.

Als ich noch über das richtige Vorgehen nachdachte, kam in einer Senke zwischen Wiesen voll kahler Obstbäume der Reiterhof in Sicht. Vor dem langgestreckten Stall befand sich eine eingezäunte freie Fläche, in deren Mitte eine Frau in Reitdress zwei Pferde an der Leine im Kreis herumführte.

Auf dem einen, dem schwarzen, saß Jenny. Die Pferde setzten brav Fuß vor Fuß, manchmal schnaubte eines oder schüttelte den Kopf, wie um der Reiterin oder der Frau mit den Leinen mitzuteilen, wie langweilig das war, immer nur im Kreis zu gehen. Mir schlief ja schon das Gesicht beim Zugucken ein!

Johannes lehnte, die Reitpeitsche lässig in der Hand, am Zaun. Ich stellte mich neben ihn. »Hi.«

»Oh! Du bist's, Mathilde.« Der Anfang klang nicht gerade vielversprechend.

»Eigentlich wollte ich meine Freundin abholen«, sagte ich so beiläufig wie möglich. »Im Dunkeln geht sie nicht gerne allein nach Hause.« Hoffentlich kapierte der Junge den Hinweis. Wenn nicht ... Er kapierte schneller als gedacht.

»Das wusste ich nicht.« Er folgte Pferd und Reiterin mit den Augen.

»Das Dumme ist, dass ich unbedingt nach Hause muss.«

»Echt? Wenn das so ist ...«

»Ich hab gerade totalen Stress mit meinen Eltern. Könntest du vielleicht Jenny begleiten?«

Er hob die Schultern, sah zur Seite und tat so, als würde er mir einen Gefallen tun. Ich hatte aber ganz genau gesehen, dass er eine rote Birne bekommen hatte. »Kommt drauf an. Vielleicht.« Volltreffer.

Da wusste ich noch nicht, dass tatsächlich der totale Elternstress auf mich wartete. Meine Mutter war nämlich nicht shoppen, sondern in der Sprechstunde meiner Englischlehrerin gewesen.

Der Tag sauste deshalb kellertief unter die Nullmarke.

11. Dezember

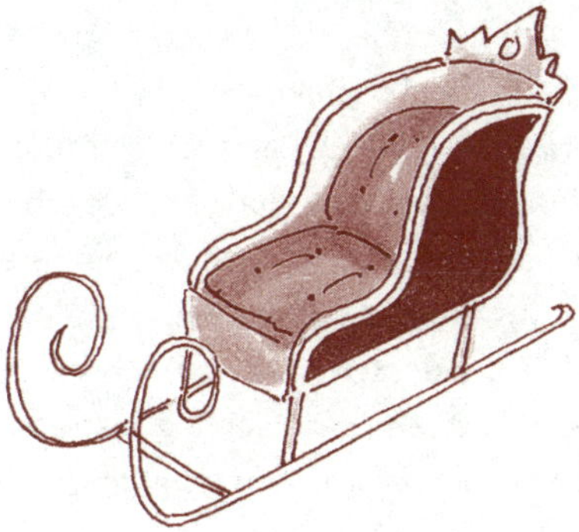

Unsere Englischlehrerin hieß Elvira Kotzenhöfer. Jeder, der den Namen zum ersten Mal hörte (oder las), glaubte wahrscheinlich, der sei erfunden. War er aber nicht – sie hieß wirklich so. Und so war sie auch. Einfach zum K…

Natürlich hatte sie Ma meine mangelhaften Leistungen präsentiert, und natürlich hatte sie ihr vorgejammert, ich sei ein hoffnungsloser Fall. Demzufolge war Ma und (später auch Pa) auf hundertachtzig. Sie machten so viel Wind um die lächerliche 5–, dass sie mir fast die Haare vom Kopf pusteten.

Während ich im Wohnzimmer dem Gewitter standhielt, schielte ich immer wieder zum PC rüber: Wenn jetzt eine Nikolausmail ankäme, wäre der Schlamassel perfekt.

Es kam aber keine, Jennys Mail hatte ich gelöscht, und nachdem ich eine Menge unsinniger Versprechungen abgegeben hatte – jeden Tag eine Stunde Vokabeln lernen, jeden Tag ein Grammatikkapitel wiederholen, jeden Tag die Hausaufgaben sorgfältig (!) erledigen –, verzichtete ich aufs Abendessen und kroch ungewaschen ins Bett. Daran erkannte jeder, wie sehr mich der Tag gestresst hatte, schließlich gehörte es zum kleinen Einmaleins, abends gründlich die Wimperntusche zu entfernen, das Gesicht porentief zu reinigen, die Haut mit Gesichtswasser zu straffen und danach die typgerechte Nachtcreme aufzutragen. Dazu kam noch der Tipp meiner anderen, der noch lebenden Oma, die Wimpern und Brauen mit Rizinusöl zu bürsten, um das Wachstum der Härchen anzuregen. Normalerweise hielt ich mich streng ans Schönheitsritual – an diesem Abend war mir aber alles egal, woran man die Tiefe meiner seelischen Verletzungen abschätzen konnte, die ganze drei Ursachen hatten: eine Kotzenhöfer als Englischlehrerin, ein stummer Nikolaus, ein verliebter Stinker.

Ein bisschen viel auf einmal.

Aber der Mensch hält einiges aus, und so war ich auch nicht übermäßig erstaunt, dass ich ziemlich schnell einschlief – jedenfalls musste ich geschlafen haben, sonst wäre ich ja nicht aufgewacht, als mir jemand einen nassen Waschlappen aufs Gesicht klatschte. »Mathilde! Sag mal, bist du gedopt? Warum wachst du nicht auf?«

»Olli?«

»Wer sonst?!«

Ich kam nur langsam zu mir. »Wie spät ist es? Muss ich aufstehen?« Schon stand das Schreckgespenst vor mir – die Kotzenhöfer mit ihrem Notenbüchlein.

»Es ist fünf«, flüsterte er.

»Fünf! Was machst du hier um fünf in der Früh?« Langsam schälte sich mein Hirn aus dem Tiefschlaf, und ich erinnerte mich mühsam daran, dass Olli auch sein Handy hatte abgeben müssen, um während des Hausarrests nicht via Fernkontakt unsinnige Pläne mit Markus auszuhecken.

»Ist doch egal. Du hast eine Mail vom Nikolaus bekommen, Mathilde. Ich hab sie dir wieder ausgedruckt und die Mail gelöscht. Du weißt doch – wegen Ma und Pa.«

Mit einem Schlag war ich hellwach. »Gib sie mir!«

»Nur, wenn du mir einen Gefallen tust. Eine Hand wäscht die andere, klar?«

»Was willst du?«

»Ich muss unbedingt auf den Weihnachtsmarkt.«

»Echt?«

»Ich werde sagen, mein Fußballtraining sei eine Stunde vorverlegt worden. Du musst das bestätigen, Mathilde.«

Okay. Das war zwar unwahrscheinlich, aber bitte, wenn ihm das wichtig war. »Mach ich. Und jetzt gib mir die Mail.«

Er legte das Blatt auf die Bettdecke und verschwand so geräuschlos wie ein Gespenst. Ich knipste die Nachttischlampe an.

Liebe Mathilde,

heute gerieten wir in einen heftigen Schneesturm. Obwohl der Schlitten bis oben hin mit Päckchen und Paketen beladen war (über die wir natürlich eine Plane gezurrt hatten), wurden wir wie eine Feder im Sturm herumgewirbelt. Zum Glück hatten wir uns mit zwei zusätzlichen Gurten am Sitz festgeschnallt, nur deshalb fielen wir nicht aus den himmlischen Höhen. Das muss man unbedingt vermeiden, denn

Für dich
Für dich
Frohes Fest
Für dich
Für dich

Für dich
Für dich
Für dich
Für dich
Frohes Fest

manchmal ist kein Engel in der Nähe, der einen mit seinen Flügeln auffängt. Es ist auch peinlich, wenn man, nur so zum Beispiel, in einem Schulzimmer landet und einen die Kids so fassungslos anstarren, als wäre man der Nikolaus – der man ja tatsächlich auch ist.

Ich schweife ab, also zurück zum Thema.

Meine Rentiere hielten sich wacker, obwohl der Schnee so dicht fiel, dass ihre Wimpern verklebten und sie nichts, aber auch überhaupt nichts mehr sehen konnten. Blind wie er war, prallte dann auch noch unser Rudolph mit seiner roten Nase gegen die Deichsel. Er schrie so jämmerlich, dass die drei anderen Rentiere nach links und rechts ausbrachen. In unserer Not riefen wir nach zwei Himmlischen Helfern. Zum Glück waren sie schnell zur Stelle; der eine strich mit seinem Flügel über Rudolphs Nase, der andere beruhigte die Tiere und geleitete uns sicher nach Hause. Für uns, aber das weißt du vielleicht schon, sind die Engel so etwas wie für euch die Männer vom ADAC – eben Engel auf den himmlischen Luft- beziehungsweise den erdgebundenen Straßen.

Zu Hause musste ich dann das Feuer im Ofen anzünden, die nassen Schuhe und Socken ausziehen und zum Trocknen aufhängen. Musste die himmlischen ADAC-Engel, Ruprecht und mich mit Tee, Spiegeleiern, Speck und Brot versorgen und nach den Tieren schauen, die nach der Fahrt im Schneesturm extra viel Heu brauchten. Einer der Engel legte unserem Rudolph eine Packung aus Weihrauchpulver auf die Nase, um die Beule schnellstmöglich zum Abschwellen zu bringen. Falls du dich um Rudolph sorgst, liebe Mathilde – ich versichere dir, morgen ist seine Nase so rot wie eh und je.

Der Schneesturm wirbelte aber leider auch meinen Tagesplan durcheinander. So kommt's, dass ich erst jetzt die Mails der dankbaren Kinder beantworte.

Ich vermisse die Deine, liebe Mathilde.

Hast Du Dich mit Deiner Freundin ausgesöhnt? Oder brauchst Du die Hilfe eines Engels? Engel sind wunderbare Friedensstifter; ich könnte Dir einen vermitteln, der diesbezüglich über einige Erfahrungen verfügt.

Hoffentlich hast Du es nicht vergessen: Du hast noch einen Wunsch gut. Du hast mir aber keinen gemailt; bedeutet das, Du bist wunsch-

los glücklich? Das kommt so selten vor, dass ich es kaum glauben mag. Oder bist Du ein bescheidenes Mädchen? Willst Du mir Arbeit ersparen? Ich versichere Dir, liebe Mathilde: Für Dich ist mir nichts zu viel. Und vergiss bitte nicht, dass Dir nicht mehr viel Zeit bleibt – in 14 Tagen ist Heiligabend. Dann ist Schluss mit Wunsch und Co. Dann musst Du bis zum nächsten Jahr warten. Willst Du ein ganzes Jahr vergeuden und auf Dein Glück verzichten?

Ich fände es schade.

Es grüßt Dich

Dein Nikolaus

Uiuiui! Beim Lesen war mir richtig warm geworden. Eine so lange Mail … Meine Backen glühten, am liebsten wäre ich in meinem Zimmer herumgetanzt, so glücklich war ich. Mann, diese lange Mail! Und dann das: *Für Dich ist mir nichts zu viel* – das konnte doch nur eines bedeuten: Der Typ war in mich verliebt!

Warum, fragte ich mich verzweifelt, hatte ich so altmodische Eltern, die mir nur ein einfaches Handy erlaubten? Ich konnte SMS, aber keine Mails schicken, und ins Wohnzimmer schleichen, dort den PC anwerfen und die Antwort tippen – nach dem Theater von gestern Abend hatte ich dazu einfach nicht den Mut.

Oder doch?

Es war fünf Uhr dreißig, um sechs Uhr dreißig standen meine Eltern auf. Okay. Was sein muss, muss sein, sagte ich mir, schließlich ging es nicht um etwas Schulisches, sondern um mein persönliches Glück. Genauer: Ums Ende meines Single-Daseins. Wenn alles gut ging und der Nikolaus so genial war wie seine Mails, lohnte sich jedes Risiko. Jenny hatte ihren Johannes (oder doch so gut wie); wollte ich in die Röhre gucken? Nein, wollte ich nicht. Ganz abgesehen davon, dass der Nikolaus mir eine Mail geschickt hatte, die einem Liebesbrief ziemlich nahe kam. *Willst Du auf Dein Glück verzichten? Ich fände es schade.*

Wenn das keine Liebeserklärung war!

Gut, noch toller wäre gewesen, wenn er *Willst Du auf **unser** Glück verzichten* geschrieben hätte. Was für ein Quatsch – kleinliche

Haarspaltereien führten zu nichts. Trotzdem: Hätte er *unser* Glück geschrieben, wäre der Tag auf der Skala auf die 10 geschnellt.

Ich schlüpfte aus dem Bett und schlich mich nach unten. Wartete mit angehaltenem Atem und angstvoll verknoteten Beinen aufs Hochfahren des PCs. Dann legte ich die Finger auf die Tasten und – Himmel! Ich hatte keinen blassen Dunst, was ich dem Nikolaus antworten könnte! Das war ja mal wieder typisch Mathilde: Vorpreschen, dann nachdenken.

Die Mail lag oben auf meinem Bett. Was genau hatte der Nikolaus geschrieben? Irgendwas von Rudolphs Nase, von einem Schneesturm, von Engeln, von Jenny, mit der ich mich aussöhnen sollte und – genau! Ich hatte einen Wunsch gut!

Lieber Nikolaus!

Ich danke dir für Deine lange Mail, über die ich mich sehr gefreut habe. Leider habe ich gerade Stress mit meinen Eltern wegen einer missglückten Englischarbeit, deshalb kann ich Dir nur ganz kurz antworten.

Mit meiner besten Freundin ist wieder alles okay. Johannes ist in sie verliebt. Sie überlegt sich noch, ob sie seine Liebe erwidern soll, aber so wie ich die Lage einschätze, wird sie es tun. Weil beide Reitstunden nehmen und ein Stall ein guter Meetingplace ist. Da ist es warm, was im Winter seine Vorteile hat.

Jetzt zu meinem Wunsch. Ich wünsche mir kein Treffen mit Miley Cyrus. Keine Juwelen. Kein Gold und keinen Weihrauch. Keine superschicke Handtasche und auch kein Schminkset. Ich bin sehr bescheiden, und da niemand freiwillig auf sein Glück verzichtet (was Du ja schade fändest), brauchst Du mir nur Deinen Namen zu mailen.

Ich war sehr zufrieden mit dem, was ich geschrieben hatte, wollte schon *Herzliche Grüße, Deine Mathilde* tippen, als mir noch etwas Wichtiges einfiel:

Oder noch besser: Deine Rentiere holen mich ab. Meine Mutter hat Kokosmakronen gebacken. Ich bringe Dir ein Tütchen voll mit.

Ich runzelte die Stirn und rieb mir die Nase (fast wie meine Mutter, deshalb ließ ich's sofort wieder bleiben) und tippte – voll mutig:

Ich gehe davon aus, dass Du mir den Wunsch erfüllst. Du fändest es schade, wenn ich auf mein Glück – nämlich Deinen Namen und Deine Bekanntschaft – verzichten würde. Das wäre ein verlorenes Jahr, hast Du geschrieben – vergiss das nicht!

Liebe Grüße von Mathilde

Ich drückte auf SENDEN, schaltete den PC aus und flitzte die Treppe hoch. Kaum lag ich in den Federn, hörte ich, wie jemand – entweder Ma oder Pa – ins Bad ging.

Puh, das war knapp gewesen!

12. Dezember

Johannes hatte Jenny NICHT nach Hause begleitet. Mann, was war das nur für ein unsensibler Esel! Jenny war untröstlich; sie sagte, sie hätte sich so gerne in ihn verliebt und schon gehofft, im Frühling mit ihm auszureiten.

»Hör mal«, sagte ich und legte ihr eine Hand auf die Schulter, »vielleicht liegt der Fehler ja bei mir. Vielleicht hat er meine Andeutung einfach nicht verstanden, vielleicht muss man ihm ganz direkt sagen, was er tun soll. Ich probier's noch mal, ja? Wann findet denn eure nächste Reitstunde statt?«

»Morgen«, schluchzte meine Freundin und vergoss ein paar Tränchen.

»Ich geb mein Bestes«, versprach ich.

Und meinte es auch; schließlich – Freundschaft und Vertrauen hin oder her – traute ich es ihr zu, sich meinen Nikolaus doch zu schnappen, wenn es mit Johannes nichts wurde.

Als ich nach der Schule nach Hause radelte, begann es wieder zu schneien, und später, wir aßen gerade Pfannkuchen mit Apfelmus, kündigte der Nachrichtensprecher lang anhaltende und ergiebige Schneefälle an.

Mein Bruder und ich malten uns aus, wie es wäre, wenn es tagelang schneien würde.

»Arktische Kälte«, schwärmte Olli. »–50 Grad. Schneeverwehungen. Nicht mal ein Schneepflug würde den Massen Herr werden. Der Strom würde ausfallen, niemand könnte telefonieren oder sein Handy aufladen, das Heizöl würde knapp ... «

»... die Schule geschlossen, den ganzen Tag würden wir Ski oder Schlitten fahren, es gäbe 'ne Eisbahn und ... «

»... das Essen würde knapp«, unterbrach uns Opa.

»Wieso das denn?«

»Ist doch klar. Wenn die Straßen nicht geräumt würden, könnte kein Laster frische Waren liefern. Was glaubt ihr, wie schnell die Läden leer gekauft wären.«

»Hungern wollen wir nicht, was, Olli?«

»Nö.« Verstohlen deutete er auf die Uhr und erinnerte mich dadurch an sein wichtiges Treffen auf dem Weihnachtsmarkt.

Ich lud mir noch eine Portion Apfelmus auf den Teller. »Ich muss Vokabeln lernen. Ma, könntest du mich nachher bitte abhören?«

»Aber sicher«, sagte sie erfreut, runzelte dann aber die Stirn. »In einer Stunde? Danach treffe ich mich mit Silvie.«

Auch unser Opa nahm sich eine zweite Portion Apfelmus. »Das Abhören der Vokabeln kann ich doch übernehmen. Gleich nach meinem Mittagsschläfchen.«

O Gott, dachte ich, nur das nicht! »In einer Stunde? Ma, das passt.«

Nach dem Essen wiederholte ich Vokabeln, die ich schon längst gelernt hatte, und während Ma mich dann abfragte – Opa schlief noch –, sagte Olli, er müsse schon früher zum Training. Ich bestätigte, dass ich das Telefonat seines Trainers mitbekommen hatte, und da ich die Vokabeln gerade alle wusste, glaubte Ma mir. Gegenleistung erfüllt.

Gegen vier Uhr packte ich mein Häkelzeug zusammen und machte mich auf den Weg zur WollAG.

Es schneite heftig; auf den Wegen und Straßen lag der Schnee schon zentimeterhoch. Der Wind war so beißend kalt, dass ich den Schal um Kinn und Mund schlang und echt froh war, als ich die Schule erreicht hatte.

»Endlich wird's weihnachtlich«, sagte Jenny, als sie die Jacke auszog.

Im Klassenzimmer war es mollig warm. Jemand hatte bereits Tee gekocht und zwei Kerzen angezündet, ein Teller mit Plätzchen stand auf dem Tisch, und als wir unser Häkel- oder Strickzeug ausgepackt und es uns gemütlich gemacht hatten, fragte Sina: »Wisst ihr schon das Neueste?«

Florian legte seine halb fertige Mütze in den Schoß. »Du hast dir einen neuen Lippenstift gekauft.«

»Quatsch. Sagt mal, wisst ihr's wirklich nicht?«

Wir hatten keine Ahnung.

Sina lächelte so richtig genüsslich. »Heute gab's hier Feueralarm.«

»Hier? Wo – hier?«

»Hier in unserer Schule.«

Für dich
Für dich
Frohes Fest

Frohes Fest
Für dich

Florian schüttelte den Kopf. »Du spinnst. Ich hätte es gehört, wenn die Feuerwehr ausgerückt wäre.«

»Sie musste ja nicht ausrücken, weil … «

»… der Brandherd sofort gelöscht wurde?«, vermutete Jana.

»Falsch, ganz falsch«, erklärte Sina. »Ihr kommt nie darauf, was passiert ist.«

Florian nahm das Häkelzeug wieder auf. »Dann sag's endlich und eier nicht ewig herum.«

»Ihr lasst mich ja nicht zu Wort kommen«, verteidigte sich Sina. »Also es war so: Als sich die Sechstklässler so kurz nach zwei Uhr im Umkleideraum der Sporthalle umzogen, haben zwei Jungs vier Dosen Deo in die Luft gesprüht. Der Nebel löste die Rauchmelder aus …«

Ich hörte gar nicht mehr hin. Zwei Jungs, die Deodosen leer sprühten – dabei konnte es sich nur um Olli und Markus handeln. Olli hatte einen ›wichtigen Termin‹ – angeblich auf dem Weihnachtsmarkt …

»… Sportlehrer war aber so geistesgegenwärtig, dass er die Fenster aufriss und meldete, es würde sich um einen falschen Alarm handeln. Trotzdem ist die Polizei gekommen …«

Auch das noch! Ollis Hausarrest würde bis Weihnachten verlängert werden …

»… die Familien werden natürlich informiert …«

Jenny hob die Augenbrauen. »Waren das Olli und Markus?«, flüsterte sie.

Ich zuckte die Schultern. »Keine Ahnung; möglich wär's.«

»Deodosen!« Anton rümpfte die Nase. »Darauf muss man erst mal kommen. Also ich find's ja toll von den beiden. Der Unterricht war dann wohl im Eimer, was?« Anton war nicht gerade dünn und hasste Sport wie die Pest. »Woher weißt du das alles, Sina? Wer waren die Jungs?«

»Also wissen tu ich's deshalb, weil mein Vater ja Polizist ist und bei dem Einsatz dabei war.«

Klar, wir alle kannten Sinas Vater.

»Aber die Namen hat er mir nicht verraten. Leider. Allerdings«, sie blinzelte mir zu, »gibt es ja bekanntlich zwei Jungs an unserer Schule, die die Feuerwehr und die Polizei auf Trab halten.«

Mir wurde ganz kalt vor Schreck: Das war ein deutlicher Hinweis! In diesem Jahr fiel Weihnachten wohl in unserer Familie aus. Und in Markus' auch. Und ich Depp hatte Olli auch noch dabei geholfen, sich aus dem Haus zu schleichen! Der Kerl hatte mein Vertrauen missbraucht! Ich hielt die Unsicherheit nicht mehr aus und stopfte kurz entschlossen die angefangene Mütze – die für Pa war bereits fertig, jetzt hatte ich mit der für Opa angefangen – samt Wolle und Häkelnadel in den Beutel.

»Sorry, Leute. Ich muss gehen.«

Ich war schon an der Tür, als Sina mir hinterherrief: »Vielleicht waren es ja doch nicht Olli und Markus!«

Vor der großen Eingangstür wehte mir der Wind den Schnee ins Gesicht; ich achtete nicht darauf. Als wäre der Teufel hinter mir her, rannte ich durch den Schnee nach Hause und stürmte, ohne die Stiefel auszuziehen, die Treppe hoch und in Ollis Zimmer.

Der lag ganz gemütlich auf seinem Bett und las – wieder mal – einen *Asterix und Obelix*-Comic, schaute kaum auf und fragte lässig: »He, was'n los?«

»Hast du Deodosen leer gesprüht? Im Umkleideraum der Sporthalle? Bei den Sechstklässlern?«

»Iiich?«

»Du hattest doch einen ›wichtigen Termin‹!«

»Auf dem Weihnachtsmarkt«, erinnerte er mich. »Nicht in der Sporthalle.«

»Ehrlich? Ganz ehrlich?«

»Hundertpro, Mathilde.«

Ich setzte mich auf sein Bett. »Mann, bin ich froh! Ich dachte schon, Weihnachten wäre im Eimer.« Und würde unter die Minus-Marke sausen!

Inzwischen standen Ma und Opa im Zimmer. »Du hast die Haustüre nicht zugemacht«, sagte Opa. »Obwohl es so schneit.«

Meine Mutter war viel misstrauischer als Opa. »Wer von euch

beiden hat was angestellt? Mathilde, solltest du nicht in deiner altmodischen WollAG häkeln? Warum bist du schon zu Hause?«

Ich überlegte blitzschnell: Wenn ich die Sache mit den Deospraydosen berichtete, würde Ma garantiert die Polizei anrufen, um sich Gewissheit zu verschaffen, dass nicht ihr Sohn den Finger auf den Sprühknopf gehalten hatte. Hausarrest hin oder her; sie traute Olli wirklich alles zu. Also war es klüger, sie hoffen zu lassen, ihr Sohn würde sich vielleicht doch noch zu einem Musterknaben entwickeln.

»Es … es ist echt eine Ausnahme«, sagte ich. »Habt ihr eigentlich gesehen, wie hoch der Schnee bereits liegt?«

Olli boxte mich in die Rippen. »Los, Mathilde, wir schippen mal 'ne Runde!«

Nicht gerade meine Lieblingsbeschäftigung, aber mir war klar, dass Olli Einzelheiten erfahren wollte. So war es auch.

»Die Sechstklässler haben mittwochnachmittags Sport«, erklärte er, als wir nebeneinanderstehend den Schnee zur Seite schoben. »Wer kam denn auf die geniale Idee? Mann, ich wünschte, es wäre meine gewesen!«

»Denk an Weihnachten«, warnte ich ihn automatisch und sagte dann, dass Sina die Namen nicht wusste.

»Sina? Die Tochter vom Polizisten?«

»Genau die.«

»Gibst du mir mal dein Handy? Ich muss Markus anrufen, vielleicht weiß der was.«

Markus hatte noch nichts vom Deospektakel erfahren und kannte demzufolge auch keine Namen.

»Morgen wissen wir es«, sagte ich. »Was hast du heute eigentlich auf dem Weihnachtsmarkt gemacht?«

»Das willst du gar nicht wissen«, antwortete Olli mal wieder. »Ach übrigens, ich hab Johannes gesehen. So gegen halb vier war das. Er stand neben einer coolen Schwarzhaarigen und hat 'ne Wurst gegessen.«

Den Johannes hatte er gesehen – Jennys Johannes! »Wer war die Schwarzhaarige?«

»Woher soll ich das wissen? Meinst du, ich kenne jedes Mädchen mit Namen? Mich interessieren ganz andere Dinge.«

Das glaubte ich meinem Bruder sofort. »Beschreib sie mir.«

»Schick. Dunkelblaue Jacke mit Pelzkragen. Lange schwarze Haare. Enge Jeans. Stiefel bis übers Knie.«

Damit konnte ich nichts anfangen – ich meine, wer von uns hat denn keine langen Haare? »Hast du ihr Gesicht gesehen?«

»Ich fand sie schön«, sagte Olli. »Echt schön.«

O Gott, für Jenny sah das gar nicht gut aus. Und für mich auch nicht. Jenny würde sich den Nikolaus krallen, wenn die Sache mit Johannes in die Binsen ging.

»Übrigens, Mathilde – danke, dass ich abhauen konnte. Hast was gut bei mir.«

»Du könntest nach den Mails sehen. Und wenn mir der Nikolaus eine geschickt hat –«

»Alles klar. Ich beschaff dir die Mail.«

Kurz vor Mitternacht weckte er mich.

Liebe Mathilde,

ich freue mich, dass Du Dich mit Deiner Freundin versöhnt hast. Allerdings wird mir ein Stopp vor Jennys Haus infolge meiner derzeitigen Auftragslage und angesichts des heftigen Schneefalls kaum möglich sein, doch das Haus, in dem Du wohnst, liegt an meiner nächtlichen Route. Schon möglich, dass ich kurz anhalte.

Weshalb wollt Ihr meinen Namen wissen? Den kennt doch jedes Kind!

Dein/Euer Nikolaus

13. Dezember

Es schlug zwölf Uhr, Mitternacht, als ich in unserem Wohnzimmer an der Terrassentür stand. Im Schlafanzug, Bademantel und mit Stiefeln an den Füßen, schließlich hatte ich mit einer Verfolgungsjagd zu rechnen.

Ich hatte die Mail auf der 10 meiner Werteskala verbucht, doch je länger ich wartete, desto tiefer sank sie – gegen zwei Uhr in der Nacht, beziehungsweise am Morgen, hatte sie die 0 erreicht. Dann, ich musste eingenickt sein, schreckte ich hoch und machte mich im Sessel ganz klein, denn Opa tappte die Treppe herunter. In der Küche öffnete er den Kühlschrank, goss sich ein Glas Wasser ein, trank, tappte wieder hoch ... Und gerade, als ich hörte, wie er die Tür schloss, sah ich vorm Fenster und mitten im wirbelnden Schneegestöber einen grauen Schemen. Mit einem Sprung war ich aus dem Sessel, stieß an den Couchtisch, war an der Terrassentür, riss sie auf, stürzte raus, sah tatsächlich Fußspuren (keine von den Hufen der Rentiere und auch keine der Kufen vom Schlitten. Hatte ich auch nicht erwartet! Ich war ja nicht blöd!), doch der Schemen war verschwunden. Absolut, total und zu hundert Prozent. Ich folgte den Spuren, klar, aber da, wo Büsche unseren Garten von dem unserer Nachbarn trennen, hörten sie auf.

Ich traute mich nicht weiter; der Wind pfiff und heulte und warf mir Schnee in die Augen, und wer nachts während eines solchen Sturms schon mal mutterseelenallein im Freien stand, der weiß, wie mir zumute war: voll gruselig eben.

Ich ging zurück.

Meine Zähne klapperten, ich war ziemlich enttäuscht. Hätte ich den Sessel direkt vor die Tür geschoben und wäre ich durch Opa nicht abgelenkt gewesen, hätte ich den Nikolaus gefasst. Mann, was für ein Pech!

Im Wohnzimmer brannte jetzt Licht. Mein Vater und der Opa, beide im Schlafanzug und mit verstrubbelten Haaren, erwarteten mich.

»Wo warst du? Warum bist du angezogen? Warum liegst du nicht im Bett?«

O Gott! Auch das noch! »Ich«, stotterte ich, »hab den Nikolaus ...«

Das Donnerwetter war grauenhaft. Sie glaubten mir nicht, dass ich nur den Nikolaus verfolgt hatte. »So war's aber!«, jammerte ich.

Am Morgen herrschte dicke Luft, aber als es nach dem Frühstück so langsam heller wurde, sahen es alle: An den Zweigen von unserem Apfelbaum hingen goldene Schokokugeln.

Mindestens ein Dutzend waren das.

»Ich hab euch doch gesagt, dass ich den Nikolaus gesehen habe«, sagte ich triumphierend.

Olli grinste fies. »Nur gesehen? Oder hast auch mit ihm geknutscht?«

Zum Glück flüsterte er, sodass es außer mir niemand hörte.

Der Unterricht ging wieder mal voll an mir vorbei. Als Jenny sagte, der Nikolaus hätte sich bei ihr nicht blicken lassen, winkte ich nur ab – nach dem Donnerwetter meines Vaters hatte ich keine Lust, ihr zu berichten, was ich in der Nacht erlebt hatte. Ganz abgesehen davon, dass sie neidisch geworden wäre.

Nach dem Mittagessen erledigte ich in schnellstem Tempo die Hausaufgaben, dann schlich ich mich aus dem Haus – meine Eltern waren noch immer sauer – und rannte zum Reitstall.

Es schneite jetzt den zweiten Tag; inzwischen lag der Schnee so hoch, dass an Fahrradfahren nicht zu denken war, obwohl die Räumfahrzeuge im Dauereinsatz waren. Jenny und Johannes saßen auf Pferden, die an einer langen Leine geführt immer im Kreis rumgehen mussten. Wie schon vor ein paar Tagen fand ich, dass das echt langweilig aussah, und ich fragte mich, warum ihnen das Spaß machte. Ich konnte es kaum erwarten, bis ich mir Johannes vornehmen konnte. Jetzt, wo mir der Nikolaus die goldenen Schokokugeln in die Zweige gehängt hatte, musste ich Jenny einfach verkuppeln. Pronto und ohne Zeitverlust.

»Johannes, du bist gestern mit einer Schwarzhaarigen gesehen worden«, ging ich dann gleich in die Vollen, als ich ihn alleine erwischte.

»Na und?«

»Ich denke, du bist in Jenny verliebt.«

»Die will nichts von mir wissen.«

Wie bitte? »Das stimmt nicht. Aber du musst dich schon anstrengen. Vielleicht bist du das von den anderen Mädchen ja nicht gewöhnt, aber Jenny ist was Besonderes. Also gib dein Bestes.«

»Sag mal, warum legst du dich für sie so ins Zeug?«

Weil ich nicht will, dass sie sich den Nikolaus krallt – das wäre die ehrliche Antwort gewesen. Gut, manchmal muss man eine kleine Korrektur vornehmen. »Sie ist meine Freundin«, antwortete ich. Was ja auch stimmte. »Ich weiß, dass sie in dich verliebt ist. Aber sie traut sich nicht, dir das zu sagen. Weißt du ...« Himmel, wie bring ich dem Esel bei, was Sache war? »Weißt du«, wiederholte ich, »sie wartet nur darauf, dass du den Anfang machst.«

»Hm. Echt?«

»Klar.«

In diesem kritischen Augenblick kam Jenny daher. »Was habt ihr beide zu flüstern? Habt ihr Geheimnisse vor mir?«

Jetzt oder nie, dachte ich. »Johannes hat mich etwas gefragt. Jetzt will er dir was ganz Wichtiges sagen, Jenny. Also ich geh dann mal; mach's gut, Johannes!«

Als ich nach Hause kam, war außer Olli nur mein Vater da. Er korrigierte Hefte in seinem Studierzimmer und kam kurz in den Flur, als ich Jacke und Stiefel auszog. »Hast du wieder den Nikolaus gejagt, Mathilde?«

In unserer Familie war meine Ma die Misstrauische und Oberstrenge, deshalb sagte ich: »Das mache ich nur nachts.«

»Du lieber Himmel! Lass das nicht zur Gewohnheit werden.« Er sah ziemlich besorgt aus und meinte noch: »Bin ich froh, wenn endlich Weihnachten ist und sich der Nikolaus mit seinem Knecht und den Rentieren wieder hinterm Nordpol verkrochen hat.«

»Ach Pa! So sehe ich das aber gar nicht!«

Die Kummerfalten in seinem Gesicht wurden tiefer und tiefer. »Mal angenommen, es gibt da jemanden, der sich als Nikolaus verkleidet und sich in dein Vertrauen schleicht, Mathilde. Woher weißt du, dass er nichts Böses im Sinn hat? Sag mir das. Du weißt doch nicht, wer der Nikolaus ist. Richtig?«

Ich nickte.

»Eben.«

Verdammt, warum waren Erwachsene immer so misstrauisch? Warum sahen sie Gefahren, die es überhaupt nicht gab? »Aber jemand, der goldene Kugeln in Zweige hängt …« Meine Nase lief, und ich hielt inne, um sie zu putzten. Hoffentlich kam das einfach vom Temperaturunterschied zu draußen. »Mach dir keine Sorgen, Paps. Morgen habe ich den Namen vom Nikolaus. Ich sag ihn dir dann. Versprochen.« He, das stimmte ja nicht! Wie kam ich nur zu so einer Behauptung?

Langsam stieg ich die Treppe hoch, schlich aber sofort wieder runter, als mein Vater in seinem Zimmer war. Ich machte den PC an, wartete ungeduldig – und hatte eine Mail!

Liebe Mathilde,

fast hätten wir uns in der vergangenen Nacht getroffen! Leider konnte ich mich keine Sekunde länger in Eurem Garten aufhalten, die Rentiere scharrten mit den Hufen, die Arbeit rief, ich musste weiter.

Hast Du Dich über die Schokoladekugeln gefreut? Und wie geht es Deiner Freundin Jenny?

Es grüßt Dich
Dein Nikolaus

Das war ja nun wirklich kein besonders liebevoller Brief. Was sollte ich nur tun? Jeden Moment konnten Ma und Opa zurückkommen … Ich starrte auf die Uhr, sah, wie rasend schnell der Sekundenzeiger vorrückte, und wusste, dass ich nicht länger warten konnte. Genau wie vorhin bei Johannes musste ich dem Kerl, dem Nikolaus, klarmachen, was Sache war.

Lieber Nikolaus,

ich muss Dir etwas Wichtiges mitteilen. Meine …

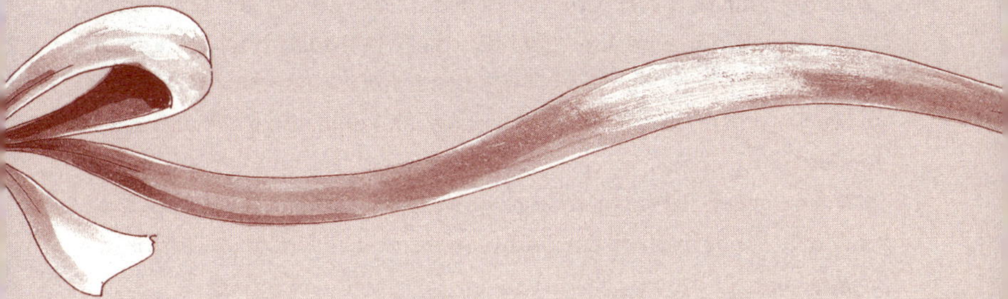

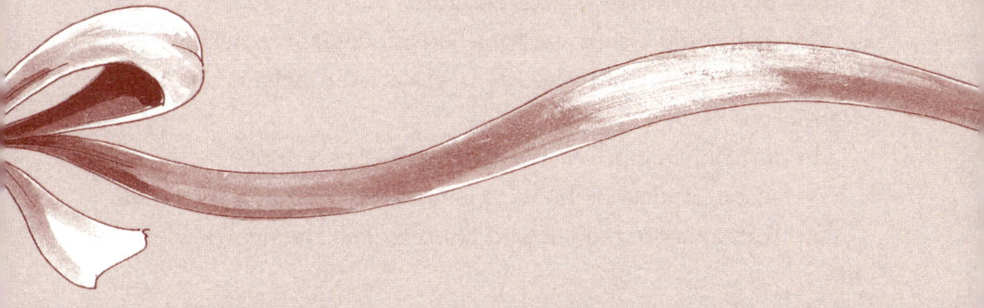

In diesem Augenblick hörte ich Stimmen: Ma und Opa kamen zurück! Ich schaltete den PC aus, löschte dabei den Anfang meiner Mail, raste in mein Zimmer, schnappte das Englischbuch, und als Ma wie vermutet hereinkam, sah es so aus, als würde ich schon seit Stunden lernen.

»Alles okay?«

»Klar. Alles okay«, bestätigte ich und gähnte.

Dabei war natürlich überhaupt nichts okay. Den ganzen Abend wartete ich auf eine Gelegenheit, die Mail doch noch schreiben zu können. Vergeblich. Der Tag sauste auf meiner Skala unter die 0-Marke und an der Opa-Mütze hatte ich keine einzige Masche gehäkelt.

Weil die letzte Nacht so kurz gewesen war, lag ich ziemlich früh im Bett, schlief sofort ein und wachte erst am nächsten Morgen wieder auf.

Es schneite noch immer.

Opa und Pa schippten, als ich zum Frühstück herunterkam, dann fuhr der Schneepflug durch unsere Straße. Olli wollte mit den Skiern zur Schule, was er aber nicht durfte.

Von Jenny hatte ich weder eine SMS noch einen Anruf bekommen. Ich hatte also keine Ahnung, ob sie und Johannes endlich ein Paar waren.

Auf dem Schulhof passten etliche Lehrer auf, dass keine Schneebälle geworfen wurden. »Pah«, machte Olli, »als ob das war nützen würde!« Er formte einen Ball, legte ihn in den Schnee und stieß ihn mit den Stiefelspitzen weiter, bis er schön groß war. Er nahm ihn in die Hand, zielte – und schon hatte ihn die Kotzenhöfer am Wickel. Ausgerechnet meine Englischlehrerin!

Plötzlich stand Oskar, weiß wie ein Schneemann, neben uns.

»Er hat den Ball nicht geworfen«, erklärte er sachlich und lächelte freundlich.

»Er *hätte* ihn geworfen!«, schimpfte die Kotzenhöfer.

»Tatsache ist, dass er ihn *nicht* geworfen *hat*«, beharrte Oskar.

Die Kotzenhöfer murrte und knurrte, ließ meinen Bruder aber los.

»Danke«, sagte Olli und rieb sich den Nacken. »Mann, die hat mich richtig gekniffen!«

»Olli«, warnte Oskar, »du musst vorsichtig sein. Die beiden Fünftklässler, die mit den Deospraydosen den Alarm ausgelöst haben, meinten, du und Markus hättet sie angestiftet. Stimmt das?«

»So eine Gemeinheit«, brauste Olli auf. »Wir hätten die Idee gerne gehabt, aber sie stammt wirklich nicht von uns. Ehrenwort! He, Markus! Warte mal!«

Olli rannte über den Hof und Oskar sagte: »Mathilde, wie siehst du denn aus? Hast du Sorgen?«

Meine Nase lief schon wieder; ich musste mich doch erkältet haben. »Mensch, Oskar! Wenn du wüsstest …«

In diesem Augenblick schrillte die Glocke. »Nach dem Unterricht«, sagte er rasch. »Ich warte an der Ecke auf dich. Jetzt muss ich los; wir schreiben einen Aufsatz. Drück mir die Daumen, dass mir was einfällt!«

14. Dezember

Endlich war Samstag – das hieß ausschlafen!

Von wegen. Kurz nach acht in der Früh weckte mich mein Handy. »Sag schon, Mathilde! Wie war's denn gestern?« Jennys Stimme klang so aufgeregt, als hätte sich ihr Leben verändert. Dabei war es mein Leben, das sich so sehr verändert hatte, dass ich noch immer nicht kapierte, was denn eigentlich passiert war.

Na gut, in Jennys Leben war auch einiges los. Sie war in Johannes verliebt und Johannes in sie! Die schicke Schwarzhaarige, von der sie natürlich gehört hatte, war wohl jemand, der zufällig neben ihm stand. Jenny behauptete, sie glaube ihm. Jedenfalls hatte Johannes Jenny geküsst und jetzt schwebte sie im siebten Himmel. Johannes – der Schwarm aller Mädchen aus der Siebten und Achten! Ich wünschte ihr Glück und hoffte, Johannes meinte es ernst.

Und was bei mir los war, erzählte ich meiner Freundin nun haarklein und war plötzlich auch gar nicht mehr müde.

Wie ausgemacht hatte Oskar nach dem Unterricht an der Ecke auf mich gewartet. Da aber mal wieder mein Cousin Lukas an ihm klebte und einfach nicht kapierte, wie sehr er störte, flüsterte Oskar mir heimlich ins Ohr, er würde mich um fünf abholen.

Es war ein bisschen schwierig für mich, um diese Zeit das Haus zu verlassen. Ich wollte Ma nicht erzählen, dass ich mich mit Oskar traf, sie sollte nicht mehr daraus machen, als es war. Glücklicherweise wollte sie backen und stellte fest, dass der Puderzucker ausgegangen war, und fragte, ob ich ihn besorgen könne. Na klar, sagte ich. Mach ich doch gerne!

Ich rannte in den Supermarkt, kaufte wie gewünscht drei Päckchen Puderzucker, rannte zurück, traf Oskar, als er gerade bei uns klingeln wollte, stellte die Päckchen auf die Kommode im Flur, rief: »Bin gleich wieder da!« – und war weg.

Es schneite und schneite, der Schnee lag jetzt einen halben Meter hoch, wir pflügten uns durch, und als wir im Park waren, blieb Oskar stehen.

»Also, was ist los?«

»Das ist eine lange Geschichte«, antwortete ich.

»Du kannst ja 'ne Kurzfassung liefern.«

»Geht nicht, die Sache ist zu kompliziert. Zuerst muss ich aber sicher sein, dass du wirklich nicht Nikolaus spielst. Bist du derjenige, der mir die Mails schreibt?«

Oskar lehnte an einem Baum (zum Sitzen war es zu kalt, außerdem lag ja auf den Parkbänken Schnee), und es schneite so stark, dass ich sein Gesicht wie durch einen Schleier sah.

Er lachte. »Ich hab dich schon einmal gefragt, ob ich einen roten Mantel und 'ne Pudelmütze trage. Und bin ich etwa mit einem Schlitten unterwegs?«

Eigentlich war das ja keine richtige Antwort, ein Ja oder ein klares Nein hätte genügt. Deshalb seufzte ich.

»Sag mir endlich, warum du Sorgen hast«, drängte Oskar.

Da berichtete ich ihm, wie mir meine Eltern zusetzten. Und dass ich meinem Pa versprochen hatte, ihm noch heute den Namen des Nikolaus zu nennen.

»Oje«, sagte Oskar, »du steckst wirklich böse in der Klemme. Warum ist dir der Nikolaus eigentlich so wichtig?«

Weil ich mir von ihm einen Freund wünsche und hoffe, du könntest es sein – nie im Leben hätte ich das gesagt. Aber so war es, das musste ich mir endlich eingestehen. Warum wusste ich auch nicht, aber wenn Oskar mich so ansah, kribbelte mein ganzer Körper.

»Das hat sich einfach so ergeben«, wich ich aus.

»Und der Kerl ist dir wichtig?«

»Der Nikolaus? Ne, der nicht.«

»Wer dann?«

Ich schwieg. Was sollte ich dazu auch sagen? Ich scharrte mit dem rechten Fuß den Schnee beiseite und spielte nervös mit meinem Handschuh, so lange, bis er runterfiel. Wir bückten uns gleichzeitig und dabei ... dabei ... kamen wir uns näher. Es war so dunkel, dass Oskars Gesicht nur ein schwarzer Schatten war, aber der Schatten kam immer dichter an mich heran, und als wir uns aufrichteten, waren wir uns ganz nah. Oskar legte seine Hände auf meine Schultern. Und plötzlich spürte ich seine Lippen ...

Himmel aber auch!

»Sag, dass dir der Nikolaus nicht wichtig ist«, flüsterte Oskar. »Sag, dass ich dir wichtig bin.«

»Vielleicht«, hauchte ich.

»Nur vielleicht? Das ist nicht wahr, Mathilde.« Er wischte mir den Schnee vom Gesicht.

»Also gut. Du bist mir wichtig.«

Damit hüpfte der Tag auf der Werteskala über die 10!

Wir küssten uns wieder. Und gingen Hand in Hand bis zum Ende des Parks. Blieben stehen. Küssten uns. »Ich glaub's nicht«, sagte Oskar leise. »Das hab ich mir schon ewig gewünscht. Und heute ist's endlich wahr geworden.«

»Was denn?«

»Dass du dich in mich verliebst, Mathilde. Du bist doch in mich verliebt?«

Ich nickte. Sprechen konnte ich nicht. Das Glück in mir drückte meine Zunge platt.

Der Schnee fiel, manchmal schüttelte der Wind die Äste über uns, sodass wir eine Ladung abbekamen, aber das war uns egal. Mir war, als wären wir ganz allein auf der Welt. Nur wir, Oskar und ich.

Plötzlich schnaubte und bellte ein Köter neben uns und ließ mich zusammenfahren. Da nahm Oskar mich in den Arm und beschützte mich. Ein Mann, die Taschenlampe in der Hand, machte mit seinem Hund eine Abendrunde. Im nächsten Moment hörten wir sechs Glockenschläge und ich zuckte erneut zusammen.

»Sechs Uhr! Ich muss heim!«

»Schon?«

»Ich will ja nicht; ich muss!«

Eigentlich musste Oskar auch nach Hause, aber er begleitete mich bis zur Haustür. Ich wollte ihn nicht gehen lassen. Ich wollte bei ihm bleiben. Gleichzeitig wollte ich allein sein. Es war so plötzlich gekommen! Das, was ich mir seit Tagen gewünscht und erträumt hatte, war Wirklichkeit geworden! Das musste ich erst mal auf die Reihe bekommen.

Dazu brauchte ich Ruhe.

Aber zunächst stand das Abendessen mit meiner Familie an. Bestimmt würde man mir ansehen, dass ich gerade die ersten richtigen Küsse meines Lebens bekommen hatte! (Die von meinem Ex zählten nicht.) Aber nichts geschah. Wir saßen am Tisch, Opa reichte das Brot weiter, Olli erinnerte daran, dass am Sonntag sein Hausarrest beendet sein würde, Ma fragte, ob ich ihr beim Backen helfen wolle, und Pa war in Gedanken versunken.

Eigentlich war's wie immer und doch war alles anders. Der Tee roch besser, das Brot war knuspriger, die Salami schmeckte italienischer als in Italien.

Mann, war ich glücklich!

Als wir gegessen hatten, folgte ich Pa in sein Arbeitszimmer. »Ich hab dir doch versprochen …«

»Den Namen des Nikolaus. Richtig. Und? Kennst du ihn?«

»Nein.« Ich versuchte, ein ernstes Gesicht zu machen. Es gelang mir nicht; das Glück in mir wollte einfach raus. Deshalb fiel ich Pa um den Hals. »Der Nikolaus ist mir so was von egal, Pa! Ich bin ja so glücklich! Ich hab mich verliebt!«

»Wirklich? Wie schön für dich. Und? Ist er auch in dich verliebt?«

»Und wie, Pa! Schon viel länger als ich! Das ist mein Weihnachtsgeschenk! Es ist das schönste Geschenk der Welt! Nicht zu toppen ist das!«

Mein Vater lachte ein bisschen, dann fragte er: »Wer ist es denn? Kenne ich ihn?«

»Natürlich kennst du ihn! Seit ewigen Zeiten schon! Rate mal!« Er runzelte die Stirn. »Ach, da kommst du eh nie darauf, Pa! Es ist … es ist … Oskar!«

»Oskar. Soso. Oskar also. Na, das ist eine gute Wahl, Mathilde. Ich gratuliere dir.«

»Nicht wahr?« Ich tanzte um meinen Pa herum, bis er mich am Arm packte und fragte: »Und was geschieht nun mit dem armen Nikolaus?«

»Wieso? Was meinst du denn damit?«

»So wie ich die Sache einschätze, hat sich dieser Nikolaus in dich verliebt und sich Hoffnungen gemacht. Findest du nicht, du solltest ihm mitteilen, dass du jetzt einen Freund hast?«

Für dich
Für dich
Frohes Fest
Für dich
Für dich

Für dich
Für dich
Für dich
Für dich
Frohes Fest

»Ach je …«

»Richtig. Ach je. Es wäre doch fair, dem anderen die Wahrheit zu sagen. Was meinst du?«

Ich rümpfte die Nase. »Muss das sein?«

»Ich finde schon.«

Ich versuchte mich zu drücken. »Vielleicht macht ihn das traurig, Pa. Willst du das?«

»Bring's hinter dich, Mathilde. Erst wenn du reinen Tisch gemacht hast, kannst du dich so richtig freuen. Glaub mir, das stimmt.«

»Na ja … Aber Ma wird ausflippen, wenn ich die Mail schreibe.«

Pa lachte. »Sag ihr, sie soll zu mir kommen. Wenn du die Mail geschrieben hast, steckst du kurz den Kopf zur Tür herein. Dann weiß ich, dass ich sie nicht länger aufhalten muss. Einverstanden?«

»Das ist dann unser Geheimnis, was? Du verrätst mich nicht?«

»Ehrenwort, Mathilde. Ich werde schweigen wie ein Grab.«

So kam's, dass ich folgende Mail schrieb:

Lieber Nikolaus,

ich schreibe Dir diese Zeilen, um mich bei Dir zu bedanken. Du hast Dein Bestes gegeben, hast Dich wahnsinnig angestrengt, und wenn Du in meiner Nähe wärst, würde ich Dich umarmen. Und Deinen Ruprecht und die Rentiere dazu! Ich bin nämlich total glücklich! Und nicht nur das. Ich bin verliebt! So unglaublich verliebt bin ich, dass ich richtig schwebe! Nicht nur im siebten Himmel! Es muss mehr als nur sieben Stück geben. Vielleicht sind's ja siebzig? Siebenhundert? Oder siebentausend? Egal. Ganz egal. Wichtig ist nur, dass ich in den tollsten Jungen der Welt verliebt bin.

Das wollte ich Dir mailen, damit Du Dich ganz auf die Wünsche der anderen Mädchen konzentrieren kannst. Mach sie genau so glücklich wie mich. Und wie Jenny, der Du ja den Johannes verschafft hast.

Ich danke Dir für Deine Mühe und wünsche Dir ein frohes Weihnachtsfest sowie einen guten Rutsch ins neue Jahr.

Es grüßt Dich

Deine dankbare Mathilde

Ich las die Mail noch einmal durch. Dann drückte ich auf SENDEN und ging in Pas Zimmer. »Gut, dass du gerade kommst, Mathilde. Wir würden morgen gerne mit Tante Silvie und Onkel Heiner auf den Weihnachtsmarkt gehen. Könntest du auf Leni aufpassen? Sie möchte mit dir Schlitten fahren gehen.«

So glücklich wie ich war, sagte ich natürlich Ja – ich hätte zu allem Ja gesagt. Na ja, zu fast allem. »Klar, mach ich, Pa. Und …« Ich fiel ihm um den Hals und flüsterte, damit Ma die nächsten Worte nicht hören konnte, »ich hab dem Nikolaus reinen Wein eingeschenkt. Was sagst du dazu?«

Er lachte. »Dann kannst du beruhigt Weihnachten feiern, was?«

»So weit ist's noch nicht. Jetzt muss ich erst mal Jenny das Neueste berichten!«

Doch Jenny hatte gestern Abend keine Zeit gehabt, weshalb ich ihr also jetzt in aller Frühe die Details lieferte. Ich hatte nichts anderes erwartet: Meine beste Freundin freute sich ehrlich mit mir.

»Gut, dass du dem Rat deines Pas gefolgt bist«, meinte sie. »Das erspart dir ein schlechtes Gewissen. Aber sag: Treffen wir uns heute?«

»Ich würde ja gerne, aber das geht leider nicht. Ich hab versprochen, auf Leni aufzupassen.«

Das absolut Fantastische aber war, dass wir am Nachmittag zu dritt Schlitten fuhren: Leni, Oskar und ich.

Als wir Leni nass und hungrig nach Hause gebracht hatten, gingen wir beide wieder in den Park. Es schneite noch immer …

15. Dezember

Am Sonntagmorgen stand Olli wieder mal früh vor meinem Bett. »Du, Mathilde, der Nikolaus hat dir geschrieben.«

Ich drehte mich auf die andere Seite und murmelte: »Und wenn schon. Geht mich nichts mehr an.«

»Das sollte es aber. Hier. Ich hab dir die Mail wieder ausgedruckt. Wenn Ma die in die Finger bekommen hätte, wäre der Teufel los. Also lies. Wach auf, Mathilde!«

Da wälzte ich mich einmal nicht schlaflos vor lauter Grübeleien hin und her und sollte trotzdem so früh aufstehen? Von wegen! »Leg das Blatt auf den Nachttisch, Olli.«

Olli murrte und knurrte: »Auf deine Verantwortung, Mathilde!«

»Hau ab!«

Als ich das nächste Mal aufwachte, roch es nach Kaffee und süßen Waffeln. Ich runzelte die Stirn. Da war doch was ... Olli. Was hatte er gesagt? Ach ja ... was vom Nikolaus. Eine Mail sei angekommen. Wie dumm aber auch. Der Nikolaus hatte doch meinen Wunsch erfüllt ... Plötzlich saß ich aufrecht im Bett. Der Wunscherfüller war kein Fantasiegespenst, das das Jahr über hinterm Nordpol oder sonst wo hauste! Das war ein Junge, der mich kannte!

Ich hörte die Schritte meiner Mutter auf der Treppe, erinnerte mich gerade noch an das Blatt, das Olli auf meinen Nachttisch gelegt hatte, stopfte es unters Kopfkissen und sprang aus den Federn.

»Du bist schon auf, Mathilde? Gut, dann beeile dich, wir wollen frühstücken.«

»Fangt schon mal an, ja?«

»Nein, das machen wir nicht«, entgegnete Ma bestimmt. »Heute ist der 3. Advent. Wir warten.«

Da war nichts zu machen. Ma hielt an ihren (und unseren) Traditionen fest, die angeblich dem Leben Halt gaben ... Wenn sie wüsste, was mir Halt gab: Oskar! Das Verliebtsein!

Als ich die Zähne putzte, fragte ich mich, ob meine Eltern noch ineinander verliebt waren. Eher nicht, fand ich. Sie mochten sich, klar, aber das, was ich spürte, wenn ich an Oskar dachte, war einmalig auf der Welt.

Plötzlich taten mir meine Eltern leid. Mann, was die versäumten!

Kein Wunder, dass sie manchmal so wenig Humor hatten – vor allem Ma.

Und was ist mit Opa, fragte ich mich, als ich die Haare kämmte. Oje. Opa war schon so alt … ob der überhaupt wusste, was Verliebtheit bedeutete? Äußerst fraglich war das. Und wenn, dann erinnerte er sich bestimmt nicht mehr an die Gefühle. Eigentlich schade für ihn. Jedenfalls würde ich meine Gefühle für Oskar niemals vergessen.

Ich lachte mein Spiegelbild an: Mathilde, sagte ich mir, so sieht ein Mensch aus, der total glücklich verliebt ist!

Fröhlich sprang ich die Treppe hinunter.

Drei Kerzen brannten am Adventskranz, der Kaffee und der Kakao dufteten, die aufgebackenen Brötchen, Spezialität meines Vaters, rochen nach Zimt und Butter und sahen einfach fantastisch aus, und der Stollen war mit Marzipan gefüllt. »Guten Morgen!«, sagte ich und wünschte mir, Oskar wäre hier.

Überhaupt dachte ich die ganze Zeit an Oskar, sodass ich kaum der Unterhaltung folgte. Nur einmal horchte ich auf. Das war, als Opa verkündete, er würde am Nachmittag ins Kino gehen.

Olli stieß mich unterm Tisch ans Schienbein. »Schon wieder?«, sagte er mit vollem Mund, »du warst doch erst letztens im Kino. So oft wechselt das Programm bei uns nicht.«

Er hatte recht; in unserer Kleinstadt wurden die neuesten Filme mit großer Verspätung gezeigt.

»Ich gehe ja auch nicht hier ins Kino«, erklärte Opa seelenruhig. »Ich fahre in die Stadt.«

Ma deutete aus dem Fenster. Erst jetzt sah ich, dass es aufgehört hatte zu schneien. Der Himmel leuchtete in diesem hellen Grünlichblau, das man bei uns nur an klirrend kalten Morgen sah. »Das ist Wahnsinn. Wer weiß, ob die Straßen schon geräumt sind. Nicht dass du mit deinem Auto liegen bleibst. Denk an dein Alter!«

»Genau daran denke ich, Beate«, antwortete Opa.

»Was soll das nun wieder heißen?«, brauste Ma auf.

»Das heißt, dass ich meine Zeit genießen werde. Könntest du mir bitte den Honig rüberreichen, Olli?«

Ma ließ nicht locker. »Du kommst aber nicht auf dumme Gedanken, oder? Muss ich mir Sorgen machen?«

»Im Gegenteil!« Opa lachte sie an. »Du solltest dich mit mir freuen!«

Mein Vater lachte so sehr, dass er sich verschluckte und Olli und ich ihm auf den Rücken klopfen mussten. »Gestern Mathilde, heute du, Opa!«

»Paps!«, rief ich empört.

»Schon gut.« Er zwinkerte mir zu und sagte zu Ma: »Dein Vater ist alt genug, um zu wissen, was gut für ihn ist.«

»Genau das bezweifle ich«, entgegnete meine Mutter.

»Ma, mach dich einfach mal locker«, rief ich.

»Genau«, unterstützte mich mein kleiner Bruder. »Du bist immer so tierisch ernst!«

Sie goss sich Kaffee nach. »In dieser Familie muss ja wenigstens einer vernünftig sein.«

Olli stopfte sich ein Stück Stollen in den Mund. »Hast du das gehört, Mathilde? Das klingt so, als wäre Paps unvernünftig. Paps, bist du das?«

Doch bevor er antworten konnte, sprach ich die Frage aus, die mir die ganze Zeit schon im Kopf herumschwirrte. »Sag mal, Paps, bist du eigentlich noch in Ma verliebt?«

Ma fiel das Messer aus der Hand.

»Natürlich«, antwortete Pa ernst. »Das war ich und bin es immer noch.«

»Ja gut, aber ich meine … ihr seid ja nicht mehr jung.«

Opa träufelte immer noch Honig auf seine Waffel. »Weshalb fragst du das? Glaubst du etwa, Liebe habe was mit dem Alter zu tun, Mathilde?«

»Na klar. Das ist doch so, oder?«

»O nein. Da irrst du dich, Mathildchen.«

Ich hasste es, wenn man mich Mathildchen nannte. »Das glaube ich nicht. Ich glaube nicht, dass du dich noch so verlieben kannst wie …« Ich biss mir auf die Zunge.

»… wie du?«

Olli trank seinen Kakao aus. »Also ich finde, ihr redet heute nur langweiligen Quatsch. Kann ich aufstehen?«

Ich fand das Thema überhaupt nicht langweilig. Eher verwirrend. Meine Eltern waren noch verliebt, und Opa – ich schnappte nach Luft. »Opa, heißt das, dass man sich immer neu verlieben kann? Aber das ist ja grauenhaft. Dann weiß man ja nie, ob man den endgültig Richtigen gefunden hat, oder?« Opa sah mich vielsagend über den Tisch hinweg an. »Verliebt sein muss dauern«, sagte ich ernst. »Wenn ich mich verliebe, will ich nicht fürchten, nach zwei oder drei Wochen könnte alles vorbei sein. Die ganzen schönen Gefühle … Also das fände ich schade.« Mein Handy vibrierte in der Hosentasche. Oskar!, dachte ich und fühlte, wie ich rot wurde. »Sorry, ich muss nach oben.«

Es war Oskar. *Kann ich Dich abholen, Mathilde? Ich halte es nicht aus ohne Dich.*

Er hielt es nicht aus ohne mich! O Gott, genau dasselbe fühlte ich auch, aber dann dachte ich an das Gespräch eben und fragte: *Oskar, glaubst Du, dass Du Dich in zwei oder drei Wochen entlieben wirst?*

Ein paar Sekunden später kam schon seine Antwort: *Mathilde! Bist Du wahnsinnig? Das ist ja voll bescheuert, was Du da sagst! Wie kommst Du nur auf eine so abartige Idee?!*

Puh. Schnell schrieb ich zurück: *Das sag ich dir nachher.*

Nachdem wir uns verabredet hatten, fand ich es sehr stickig in meinem Zimmer. Ich öffnete das Fenster, dann schlug ich die Bettdecke zurück, und als ich das Kissen aufschütteln wollte, sah ich die neueste Mail vom Nikolaus. Stimmt ja, die hätte ich fast vergessen.

Liebe Mathilde,

es ist gut, dass Jenny und Johannes endlich ein Paar sind. Deine Freundin wollte sich nämlich, aber das wirst Du wissen, mit mir treffen. Das ging natürlich nicht, vor Weihnachten habe ich viel zu viel zu tun, um mir Zeit dafür zu nehmen. Nur für Dich hätte ich eine Ausnahme gemacht.

Aber jetzt hast Du Dich verliebt. Das freut mich für Dich.

Für dich
Für dich
Frohes Fest

Frohes Fest
Für dich

Du schreibst, ich hätte mich angestrengt und gute Arbeit geleistet. Ja, ich habe mich sehr angestrengt, obwohl ich es nun bedauere. Meine Mails werden Dich nicht mehr interessieren und Dich zu treffen wäre überhaupt nicht gut. Das würde Deinen Freund nur eifersüchtig machen.

Trotzdem hoffe ich, dass Du mich nicht ganz vergisst.

Es grüßt Dich

Dein Nikolaus

Das Blatt rutschte mir aus den Fingern und trudelte zu Boden. Was war das denn?

Zuerst wollte ich die Mail meinem Vater zeigen. Der würde aber nur sagen: »Habe ich es dir nicht gesagt? Genau, was ich befürchtet habe. Jetzt muss der Nikolaus mit seiner Enttäuschung fertigwerden. Und das vor Weihnachten, dem Fest der Liebe! Der arme Junge …«

Mein zweiter Gedanke war, Oskar die Mail zu zeigen. Nicht, um ihn eifersüchtig zu machen, sondern um ihn zu fragen, was ich tun sollte. Aber auch diesen Gedanken verwarf ich. Oskar war Oskar. Der Nikolaus ging nur mich was an.

Ich machte die Tür auf und horchte. Mein Vater war in seinem Zimmer, Opa wahrscheinlich in seinem und Ma hantierte in der Küche herum. Schnell rannte ich nach unten und schaltete den PC ein.

Lieber Nikolaus,

Deine Mail klingt so, als wärst Du sehr traurig.

Das tut mir leid, wo doch das Fest der Liebe vor der Tür steht.

Trotzdem kann ich nichts an der Tatsache ändern, dass ich wahnsinnig verliebt bin. Nur eben leider nicht in Dich.

Ich hoffe, Du findest ein Mädchen, das sich in Dich verliebt. Du schreibst so super Mails, deshalb wird Dir das gelingen. Erst recht dann, wenn Du ihr auch noch einen ganz besonderen Wunsch erfüllst. Und überhaupt ist's für Dich doch egal, ob das Mädchen am Nordpol, am Südpol, am Rhein oder im Himalaja wohnt; mit Deinem Rentierschlitten fegst Du in Nullkommanichts überallhin.

Ich wünsche Dir viel Erfolg!

Mathilde

Das war's.

Später zog ich meine schönste Jeans an und meinen Lieblingspulli, schloss mich im Bad ein und machte mich schön. Als ich mit meinem Aussehen (es hatte die Marke 9,5 erreicht und blieb da) zufrieden war, kam Oskar.

Ich rannte die Treppe runter, riss die Tür auf und fiel ihm um den Hals.

Dass Ma aus der Küche gekommen war, hatte ich nicht bemerkt. »Oskar! Also du hast die Nikolausmails geschrieben?! Hätte ich das gewusst, hätte ich mir die Sorgen sparen können.«

16. Dezember

Ich werde nie vergessen, wie Oskar meine Ma anstarrte, als sie sagte, er sei also der Nikolaus.

Der Schnee an seinen Stiefeln taute und hinterließ eine Pfütze, dann fand Oskar die Sprache wieder und stotterte: »Ich verstehe nicht … Was habe ich geschrieben?«

»Na, die Nikolausmails«, antwortete Ma.

»Die haben Ihnen Sorgen bereitet?«, wollte Oskar dann wissen.

»Na klar. Ich dachte, da will jemand der Mathilde auf Facebook oder sonst wo im Internet etwas anhängen.«

»Ich würde Mathilde niemals schaden«, versicherte Oskar und legte den Arm um meine Schultern. »Wirklich. Niemals.«

»Das weiß ich ja«, erwiderte Ma. »Deshalb bin ich ja so froh, dass …«

Ich räusperte mich. »Du irrst dich, Ma. Oskar ist nicht der Nikolaus.«

»Ja aber … aber es sieht doch so aus, als ob ihr beide …«

Ich kuschelte mich an Oskar. »Genau. Wir sind verliebt!«

»Jetzt verstehe ich überhaupt nichts mehr. Wer ist denn nun der geheimnisvolle Nikolaus?«

»Wenn ich das Wort noch einmal höre, dann platze ich, Ma! Hör mir bloß auf mit dem Nikolaus! Mit dem bin ich fertig! Der kann mir gestohlen bleiben. Ich liebe Oskar und damit basta.«

Am Abend kam Ma noch in mein Zimmer. Ich saß im Bett und häkelte an der Opa-Mütze, die so schnell wie möglich fertig werden musste, weil ich jetzt noch eine für Oskar plante.

Ma setzte sich auf mein Bett. »Ich freue mich, dass Oskar dein Freund ist.«

»Hm.«

Sie kam immer sofort zur Sache. »Ich war nämlich ziemlich in Sorge wegen des geheimnisvollen Mailschreibers. Aber damit ist jetzt Schluss, stimmt's?«

Ich nickte und tat so, als müsse ich Maschen zählen. »Sieht ganz danach aus.«

»Gut.« Sie sah auf die halb fertige Mütze. »Wie viele Mützen hast denn schon gehäkelt, Mathilde?«

»Erst eine. Das ist die zweite; die ist für Opa. Dann mach ich noch eine für Oskar. Und wenn du schon fragst, Ma«, fügte ich hinzu, um endlich das Cybermobbingthema abzuhaken, »könntest du mir ein bisschen Geld für neue Wolle geben? Ich hab nur noch graue und blaue. Oskars Mütze würde ich gerne rot machen.«

Als ich am Montagmorgen aus dem Haus trat, strahlte die Sonne wieder vom Himmel. Natürlich wärmte sie nicht, dafür brachte sie die Schneekristalle zum Glitzern. Das sah sehr schön aus.

Jetzt, wo es so kalt geworden war und so viel Schnee lag, war das Leben irgendwie gedämpfter. Die Leute eilten tief vermummt durch die Straßen und blieben kaum mal stehen, um mehr als Hallo zu sagen. Nirgendwo stand Gemüse vorm Laden, die Tische und Stühle vor den Cafés am Marktplatz und in der Fußgängerzone waren zusammengestellt und voller Schnee, und immer noch waren die Räumfahrzeuge unterwegs.

In den Pausen standen wir Größeren bibbernd auf dem Schulhof herum und warteten sehnlichst aufs Klingeln; die Kleinen fanden den vielen Schnee supertoll und warfen trotz Aufsichtslehrer und Strafandrohungen ihre Schneebälle. Die Zeitung brachte Meldungen über Stürze auf glatten Gehwegen und im Supermarkt war das Streusalz ausgegangen. Unsere Nachbarin, sie ist so um die achtzig, sagte, an eine solche Schneemenge wie in diesem Winter könne sie sich gar nicht mehr erinnern, aber sie glaube jetzt an den Klimawandel – nur dass es nicht wärmer, sondern kälter würde.

Die »Tanten« des Kindergartens gingen zusammen mit den Müttern und den Kleinen zum Schlittenfahren. Am Ortsrand gab es einen einzigen, nicht allzu steilen Hang, der dazu sehr gut geeignet war. Er lief am unteren Ende ganz sanft in einer Wiese aus, die an einen Bach grenzte. Trotzdem hatte es ein kleiner Junge geschafft, sich bei einem Sturz das Schlüsselbein zu brechen, und Leni, der ich die Nikolausmails und jetzt auch Oskar verdankte, sauste mit ihrer Freundin Mia bis zum steilen Ufer des Bachs, rutschte runter und landete auf dem Eis. Das hielt zum Glück, aber meine Tante

Silvie und Mias Mutter bekamen hysterische Anfälle und mussten mit einem Schluck Glühwein beruhigt werden.

»Also eins steht fest«, sagte ich zu Oskar, als ich ihm am Nachmittag davon erzählte. »Kitatante werde ich nie!«

Er lachte und wir bummelten auf dem Weg zu »unserem« Park durch die Fußgängerzone. Es dämmerte bereits, der Schnee knirschte unter den Stiefeln, gelbes Licht fiel aus den Fenstern des besten Cafés der Stadt auf den Weg, und ganz automatisch warf ich einen Blick durch die Scheibe.

Und blieb stehen.

»Das gibt's doch nicht! Ist das nicht mein Opa? An dem kleinen runden Tisch am Fenster?«

»Wie?« Oskar beugte sich vor. »Der mit der Frau im rosa Pulli?«

»Genau der. Weißt du was? Ich geh mal rein.«

Oskars Hand schoss vor und schloss sich um mein Handgelenk. »Das tust du nicht!«

»Warum denn nicht? Kennst du die Frau?«

»Ne. Nie gesehen.«

»Eben!«, rief ich empört. »Er kann sich doch nicht mit einer Wildfremden treffen!«

»Warum denn nicht?« Oskar lachte. »Vielleicht ist das ja keine Wildfremde für *ihn*. Also ich würde mich bedanken, wenn mich mein Enkel kontrollieren würde.«

Na gut, da musste ich ihm recht geben. Oskar zog mich weiter, aber da, wirklich im letzten Augenblick, sah ich, wie Opa seine Hand auf die Hand der Frau im rosa Pulli legte. »Mensch, Oskar! Guck dir das mal an! Das sieht ja aus, als wäre er verliebt!«

»Na und? Das bist du auch. Und ich. Ich bin in dich verliebt, Mathilde, und was dein Opa tut, kümmert mich kein bisschen.«

Im tiefverschneiten Park vergaß ich Opa und die Tante in Rosa Mohair. Nur musste ich feststellen, dass der Winter keine gute Zeit zum Knutschen war; obwohl mein Gesicht und meine Lippen glühten, wurden die Füße eiszapfenkalt. Zum Glück merkte man das erst ziemlich spät. Ich fand es völlig verständlich, dass sich die meisten Leute erst im Frühling verliebten. Erstens blieben die Füße warm, und zweitens hatte man nicht so dicke Jacken an, weshalb man vom anderen mehr spürt. Drittens hielt man es bei angenehmen Temperaturen viel länger draußen aus und viertens konnte man sich ins Gras oder auf eine Bank setzen und musste sich nicht die Beine in den Bauch stehen.

Aber gut. Jeder, der selbst verliebt war, wusste, dass wahre Liebe von ein paar Minusgraden keinesfalls zum Abkühlen gebracht wurde. Und der glitzernde Schnee war auch sehr romantisch. Wir küssten uns so lange, bis der Mann mit der Taschenlampe und dem schnüffelnden Köter wieder durch den Schnee schlurfte. Da schlug's sechs und wir mussten heim.

Als wir in meine Straße einbogen, fiel mir wieder die Mail von dem Typ, der sich Nikolaus nannte, ein. »Was würdest du sagen, Oskar, wenn noch ein anderer Junge in mich verliebt wäre?«

Oskar blieb stehen. »Dagegen hätte ich was.« Er ging zwei Schritte. »Wie heißt der Kerl?« Wieder ein Schritt. »Wo wohnt er?« Drei Schritte. »In welche Klasse geht er?«

»Reg dich bloß nicht auf!« Ich musste lachen. »Das war doch nur 'ne Frage!«

Er atmete auf. »Also hast du keinen anderen Freund?«

»Nein.« Das war nicht gelogen; es gab eben nur den Jungen, der enttäuscht war, dass ich mich in einen anderen verliebt hatte. Sein Pech.

Wieder blieb Oskar stehen. Er zog mich an sich und sah mir tief in die Augen – so tief wie's eben ging, wenn einem die Mütze über die Augenbrauen rutschte. »Was würdest du sagen, wenn ich noch eine Freundin hätte? Die Jenny zum Beispiel.«

Ich machte mich los. »Ich würde dich in die Wüste schicken. Nie mehr würde ich auch nur ein Wort mit dir reden.« (Und, nicht zu vergessen, meine Tage würden weit unter die –10 sausen!)

»Siehst du«, meinte Oskar tief befriedigt, »dann sind wir uns ja einig. Kein anderer Freund, keine andere Freundin.«

»Opa, ich hab dein Auto gesehen«, sagte Olli beim Abendessen. Es stand am Marktplatz. Du bist also nicht ins Kino gefahren, was?«

Opa lächelte. »Ne, das war mir dann doch zu gefährlich. Mein Wagen kam nämlich schon auf der Hauptstraße ins Rutschen, deshalb stellte ich ihn gleich ab.«

»Das war sehr vernünftig von dir«, lobte ich ihn. »Das hätte ich auch getan und dann wäre ich nach Hause gegangen.«

Olli grinste. »Am Nachmittag war Opa aber nicht hier.«

Opa war das Gespräch ziemlich unangenehm. Wäre es mir auch gewesen, wenn es um mich gegangen wäre. Und vor allem kannte ich diese Art der Befragung. Auf mir und Olli hackten unsere Eltern nämlich auch immer herum, wenn sie wissen wollten, was wir in unserer Freizeit so unternahmen. Aber warum sollte es Opa besser gehen als uns? Außerdem wollte ich wirklich wissen, wer diese Frau im Café war.

Ich lächelte ihn an. »Anstatt nach Hause zu kommen hast du dich ins Café gesetzt. Hast Kaffee getrunken und Kuchen gegessen.«

Opa zuckte die Schultern. »Na und? Mir war kalt und ich hatte Appetit auf Kuchen.«

»Klar, bei uns gibt's ja nichts Süßes wie etwa selbst gebackene Plätzchen«, spottete ich. »Und dann hattest du ja auch Gesellschaft, Opa. Allein hast du nämlich nicht an einem der kleinen Tischchen gesessen.«

Jetzt schauten meine Eltern aber sehr interessiert den Opa an und warteten gespannt auf die Fortsetzung. Die hatte ich parat.

»Du hast dich angeregt mit einer Frau in einem rosa Pulli unterhalten. In einem babyrosa Pulli, um genau zu sein. Wer war denn die weißhaarige Dame in dem Pulli mit der abartigen Farbe?«

Pa lachte mal wieder. »Vergiss nicht: In einer so kleinen Stadt bleibt nichts geheim.«

»Richtig.« Ma machte ein sehr finsteres Gesicht. »Wer war denn die Dame?«

»Och«, meinte Opa. »Das war eine alte Bekannte.«

»Soso.« Olli stieß mich unterm Tisch ans Schienbein. »Eine alte Bekannte war das. Seit dem 1. Advent bist du hier und schon hast du eine ›alte‹ Bekannte. Wie heißt sie denn?«

Opa waren die Fragen peinlich, das sah man ihm an. Er warf Pa einen Blick zu, der eindeutig »Hilf mir!« ausdrückte. Deshalb – Männer halten zusammen! – sagte der flugs: »Seid nicht so neugierig. Jeder hat ein Recht auf Privatsphäre, das wisst ihr doch.«

»Gilt das auch für mich?«, erkundigte sich Olli sofort. »Und für Mathilde?«

»Natürlich. Vorausgesetzt, ihr schadet weder euch noch anderen«, sagte Pa und machte dabei ein Gesicht wie ein Lehrer – der er ja auch war.

17. Dezember

Ich komme heute nicht zur Schule«, schluchzte Jenny am nächsten Morgen in mein Ohr, als Olli und ich gerade auf dem Weg dorthin waren. »Ich hab die ganze Nacht geweint, meine Augen sind blutrot, und überhaupt würd ich am liebsten sterben. Kannst du mich besuchen, Mathilde?«

»Bist du krank?«

»Ja. Todkrank bin ich. Liebeskummerkrank. Du bist meine Freundin, Mathilde. Hilf mir!«

»Mensch, ich muss zur Schule! Wenn ich schwänze, machen meine Eltern ein Riesentheater!«

»Ja schon. Aber Freundinnen müssen immer füreinander da sein. Das weißt du doch. Und ich brauch dich!«

O Gott. Was sollte ich nur tun? Konnte ich brav dem Unterricht folgen, während meine beste Freundin am liebsten sterben würde? Das ging gar nicht. Erstens würde ich nicht aufpassen können, und zweitens war ich einfach verpflichtet, Jenny beizustehen. Blitzschnell überlegte ich mir, was ich tun könnte.

»Jenny ist krank«, sagte ich zu Olli. »Und sie ist alleine zu Hause, weil ihre Eltern bei der Arbeit sind. Ich muss mich um sie kümmern, das verstehst du doch, oder?«

Olli kapierte sofort. »Ich soll dich entschuldigen? Mach ich.«

»Danke. Sag einfach der Kotzenhöfer, ich hätte meine Tage, mir gehe es nicht gut, aber ich würd' in der zweiten Stunde kommen.«

Olli grinste. »Tapfer, tapfer. Aber du weißt ja: Helf ich dir, hilfst du mir. Könnte sein, dass ich deine Hilfe brauche. Ziemlich bald sogar. Einverstanden?«

»Klar doch. Bis später, Olli!«

Ich flitzte los und kurz darauf klingelte ich bei Jenny. Die war noch im Nachthemd und sah einfach verheerend aus. »Du lieber Himmel! Was ist dir denn passiert?«

Wir gingen in ihr Zimmer, und sie kroch wieder ins Bett, während ich mich auf den Rand setzte, ihre Hand in meine nahm und sagte: »Ich habe eine halbe Stunde Zeit, dann muss ich los. Also erzähl.«

Meine Freundin lag inmitten nasser Taschentücher. Auch jetzt standen Tränen in ihren Augen, und sie schniefte: »Dass mir so was passieren könnte, hätte ich ja nie gedacht! So ein Schuft, so ein elender Schuft aber auch!«

Es dauerte, bis ich die ganze Geschichte kannte, und natürlich hing sie mit dem unseligen Johannes zusammen.

»Er hat gesagt, er sei in mich verliebt, und einen Tag lang sah es auch so aus, als würde das stimmen. Aber dann, schon am zweiten Tag, hatte ich so meine Zweifel.«

»Aber warum denn?«

»Wir hatten uns verabredet, und weil ich ihn zappeln lassen wollte, kam ich zehn Minuten zu spät – du weißt doch, ein Mädchen soll sich rar machen.«

»Ja. Und?«

»Er war nicht da. Ging nicht ans Handy. Also wartete ich eine geschlagene halbe Stunde. Es schneite, mir war kalt, ich rief ihn hundertmal an, aber nichts. Immer kam nur die blöde Stimme: ›Ihr Gesprächspartner ist im Augenblick …‹ Na, du kennst das ja.«

Ich nickte. »Und dann?«

»Bin ich zu ihm gegangen. Hab bei ihm geklingelt.«

»Oje. Das hätte ich nicht getan. Das sah aus, als würdest du ihm nachlaufen, Jenny.«

Sie heulte auf. »Das weiß ich auch! Aber ich war so verzweifelt, ich musste einfach wissen, was Sache ist.«

»Hast du's erfahren?«

Sie zog das nächste Tuch aus der Packung. »Seine Mutter hat gesagt, dass Johannes nicht zu Hause ist, sondern sich mit seiner neuen Freundin trifft. Da hab ich dann gesagt: ›Wir haben uns verpasst.‹«

»Das stimmte«, sagte ich.

»Nein!«, schrie Jenny. »Das stimmte eben nicht! Denn seine Mutter sagte dann: ›Du hast ihn verpasst? Da muss ein Irrtum vorliegen. Ich kenne Johannes' Freundin. Sie sieht ganz anders aus als du, sie ist älter und hat lange schwarze Haare. Simone heißt sie.‹«

»Ach du –«

»Genau. Jedenfalls dachte ich, mich trifft der Schlag. Johannes

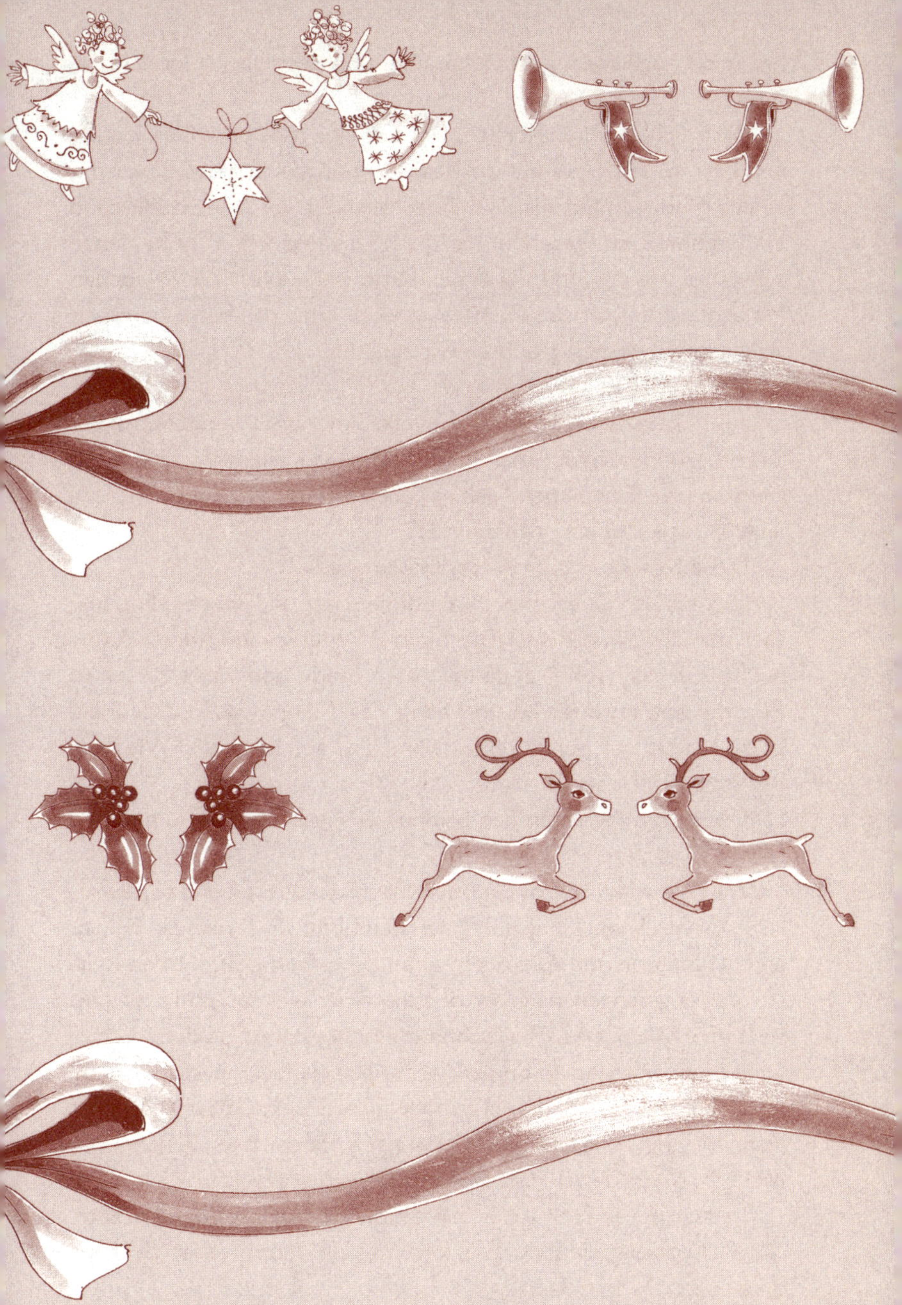

hat mich angelogen«, schluchzte sie und vergrub ihr Gesicht im Kissen.

Ich streichelte ihren Rücken. Das war eine ganz böse Geschichte, und ich versuchte, sie auf die Reihe zu bringen: Johannes war mit einem Mädchen auf dem Weihnachtsmarkt vor einer Bude beim Würstchenessen gesehen worden. Das Mädchen hatte lange schwarze Haare, und Johannes hatte behauptet, das Mädchen hätte nur zufällig neben ihm gestanden. Gut, das hätte durchaus sein können, deshalb glaubten wir ihm.

Was ein Fehler gewesen war.

Nur – wer war diese geheimnisvolle Simone? Unsere Schule war nicht besonders groß; man kannte sich, vor allem wir Mädchen kannten uns. Eine Simone gab es bei uns nicht.

Aber vielleicht kannte Jenny sie?

»Diese Simone ... sagt dir der Name was?«

Plötzlich saß Jenny kerzengerade im Bett und schrie: »Na, klar sagt mir der Name was! Die Simone reitet auch! Aber«, Jenny heulte auf, »sie wohnt in der nächsten Stadt, und weil's da keinen Reitstall gibt, reitet sie bei uns! So ist das! Mann, was ist das für ein Biest! Und ich bin auf sie reingefallen! Und auf Johannes! Wie kann man nur so blöd sein!«

»Das heißt, zwischen den beiden hat's gefunkt und du hast das nicht mitgekriegt?«

Jenny schwieg. Sie zog die Decke hoch bis ans Kinn und sagte endlich: »Es war keine Liebe auf den ersten Blick, so viel ist klar. Es war anders. Simone und Johannes haben zur selben Zeit mit den Reitstunden angefangen, nach den Sommerferien war das, und zuerst fiel sie mir nicht auf, weil ich ja schon viel länger reite. Seit den Herbstferien dann standen sie immer wieder beieinander, aber ich dachte, weil ich besser bin und weil Simone zwar schöne Haare hat, aber ziemlich langweilig ist, denkt Johannes ... findet mich Johannes ... Mensch, Mathilde, ich dachte eben, Johannes kapiert ...«

»... dass du einfach toller bist als sie«, beendete ich den Satz. »Okay. Das zeigt dir aber, dass Johannes ein Volltrottel ist. Sei froh, dass du ihn los bist, Jenny.«

»Ich hab mich aber in ihn verliebt. Und er hat gesagt, er sei auch in mich verliebt. Wie konnte er nur!«

»Vielleicht war er ja kurzfristig in dich verliebt. Vielleicht hatte er einen lichten Moment und kapierte für 'ne Sekunde, wie langweilig diese Simone ist. Könnte doch sein, oder?«

»Und was nützt mir das?«, fragte Jenny.

Genau. Was nützte das meiner Freundin? Nichts.

Die Zeit wurde knapp; ich musste schleunigst gehen. »Ich überleg mir was, Jenny«, versprach ich, ohne zu wissen, ob mir etwas einfallen würde.

Wieder mal bekam ich vom Unterricht so gut wie nichts mit. Dafür hatte ich aber eine Idee, die ich gleich nach dem Mittagessen in die Tat umsetzte.

Opa hielt sein Mittagschläfchen, Ma traf sich mit einer Freundin, Pa hatte am Nachmittag Unterricht, und Olli trieb sich irgendwo herum. Was bedeutete, dass ich das Wohnzimmer und somit den PC für mich hatte, um ungestört die Mail schreiben zu können, die ich mir ausgedacht hatte.

Lieber Nikolaus,

ich bin Dir ja so dankbar, dass Du mir den tollsten Freund der Welt geschenkt hast. Deshalb tut es mir auch leid, dass Du Single bist. Der Knecht Ruprecht und die Rentiere sind ja kein Ersatz für eine liebevolle Freundin, oder? Wenn ich nur daran denke, dass Ihr Euch mehrheitlich von Spiegeleiern und Speck ernährt, was auf Dauer nicht gesund sein kann, und Du Deine Socken eigenhändig zum Trocknen aufhängen musst, kann es so nicht weitergehen. Dieser Zustand ist unbefriedigend. Ich finde, Ihr habt mit der Versorgung der Tiere, dem Verteilen der Geschenke und dem Lesen und Beantworten der Mails genug zu tun. Kurz gesagt: Ich kenne ein sehr liebes Mädchen.

Mein kleiner Bruder sagt immer: »Hilfst du mir, helf ich dir.«

Ich finde, das ist ein schöner Satz. Deshalb, weil Du mir geholfen hast, helfe ich jetzt Dir.

Es geht um Folgendes.

Du hast meiner Freundin Jenny einen Freund, den Johannes, geschenkt. Leider war das Geschenk ein katastrophaler Flopp. Johannes hat nämlich schon eine Freundin. Sie heißt Simone, hat lange schwarze Haare (das ist das Beste an ihr), aber sie ist langweilig. Na gut, über Geschmack lässt sich nicht streiten; Tatsache ist, dass Johannes (dieser Loser!) ein langweiliges Mädchen meiner Jenny vorzieht, dabei reitet Jenny sogar viel besser als die Schwarzhaarige und die kommt außerdem aus der Nachbarstadt.

Ich schlage vor, Du triffst Dich mal mit meiner Freundin. Natürlich ganz unverbindlich; es kann ja sein, dass sie Dich blöd findet. Oder Du sie, obwohl ich das nicht glaube.

Und noch etwas, Nikolaus: Bedenke bitte, dass Jenny gerade eine große Enttäuschung erlebt hat. Was bedeutet, dass sie ziemlich sauer ist und auch nicht so hübsch aussieht wie sonst. Wenn Du sie vor einer Woche gesehen hättest, hättest Du Dich sofort in sie verliebt – ganz sicher!

Außerdem ist Jenny witzig und überhaupt nicht langweilig. Im Gegenteil: Mit ihr kann man viel Spaß haben und witzige Sachen erleben!

Aber Du schaffst das, lieber Nikolaus. Wenn Du Dich in Jenny verliebst, schlägst Du zwei Fliegen mit einer Klappe: Erstens bist Du dann nicht mehr Single und zweitens tust Du ein gutes Werk.

Also: Auf geht's!

Gutes Gelingen wünscht Dir

Deine dankbare Mathilde

PS: Ich sag meiner Freundin natürlich nichts von der Mail; das ist unser Geheimnis. Versprochen.

Die Mail war sehr lang geworden, ich hatte fast eine ganze Stunde für das Verfassen gebraucht. Ich hatte ein sehr schlechtes Gewissen (–5 auf der Skala), schließlich hatte ich Johannes ja direkt auf Jenny gestoßen, ohne den Gedanken zu berücksichtigen, er könne schon eine Freundin haben! Allerdings war es auch nicht fair von ihm gewesen, mir und vor allem Jenny zu verheimlichen, dass er schon vergeben war.

Ich stutzte: Simone gegenüber war das aber auch nicht fair gewesen. Was bewies, dass Johannes der totale Loser war.

Wenn ich nur wüsste, wer sich hinter dem Nikolaus verbarg!

Als Oskar mich später abholte, hätte ich ihm am liebsten die ganze Geschichte berichtet und ihn gefragt, ob ich richtig gehandelt hatte.

Aber klar, das ging gar nicht.

Er hätte mich ausgelacht: »Was, du glaubst wirklich, ein unbekannter Typ namens Nikolaus könne sich mit Jenny anfreunden? Was ist, wenn er noch schlimmer ist als Johannes?« So oder so ähnlich hätte er bestimmt reagiert.

Und genau da lag das Problem. Hoffentlich hatte ich nichts falsch gemacht. Aber, beruhigte ich mich, nur ein netter Kerl konnte so liebe Mails schrieben wie der Unbekannte, der sich als Nikolaus ausgab.

Ich hielt also den Mund.

18. Dezember

Da Ma fest davon überzeugt war, Oskar wäre der mailschreibende Nikolaus, konnte ich wieder an den PC, ohne lästige Fragen beantworten zu müssen. Das war gut so, denn natürlich wartete ich gespannt auf die Antwort.

Und die kam gestern am Spätnachmittag.

Liebe Mathilde,

ich stecke mitten in der schlimmsten Auslieferungsphase. Berge von Päckchen und Pakete türmen sich in unserem Lager, jede Schlittenfuhre ist ein Kraftakt, Ruprecht und ich wissen nicht mehr, wo uns der Kopf steht – ob wir alles noch rechtzeitig vorm Fest schaffen, ist wirklich ungewiss. Dazu kommt, dass der rotnasige Rudolph in Streik getreten ist und wir nur noch mit drei Rentieren unterwegs sind.

Wie es zu dem Streik kam, willst Du wissen?

Unser Rudolph hatte schon immer einen gewaltigen Dickkopf und konnte es nicht ertragen, wenn's nicht so lief, wie er sich das dachte. Vor zwei Nächten fuhren wir mit dem vollbeladenen Schlitten los und zuerst ging auch alles gut. Bis auf einmal ein Engel angeflattert kam und uns zurief, sein Freund hätte sich den Flügel verzerrt, könne nicht mehr fliegen und sitze stöhnend vor Schmerz auf einer Wolke, die der Wind zu allem Unglück auch noch in die falsche Richtung treiben würde. Ob wir seinen Freund abschleppen könnten?

Natürlich änderten wir sofort unsere Route, um dem Verletzten zu Hilfe zu eilen. Und genau das ärgerte unseren Rudolph. Er bockte. Er röchelte, er sei mit seiner Kraft am Ende, und wenn er jetzt auch noch das zusätzliche Gewicht eines Engels aufgehalst bekäme, würde er durchdrehen. Er übertrieb natürlich, denn ehrlich gesagt ist Rudolph der Stärkste von allen vieren. Das wusste er, wir wussten es, der Engel, der uns um Hilfe bat, wusste es auch.

Mit ein bisschen gutem Zureden hätten wir unseren Rudolph bestimmt besänftigt und zum Weiterfahren überreden können, wenn nicht ausgerechnet der Engel ihn angeschnauzt hätte. (So untypisch für einen Engel war das. Was aber nur bewies, wie sehr er sich um den Verletzten sorgte!)

»Wenn du nicht sofort deine Hufe in Bewegung setzt, lieber Rudolph, mach ich deine Nase so weiß wie den Schnee, der da unten auf der Erde liegt!«

Du musst wissen, liebe Mathilde, dass die rote Nase Rudolphs ganzer Stolz und sein Markenzeichen ist. Er riss sich los, sagte etwas sehr Rüdes zu dem unvorsichtigen Engel (ich werde es nicht wiederholen, Mathilde) und ist seitdem verschwunden. Weiß der Himmel, auf welcher Galaxie (oder heißt es bei euch Universum???) er sich jetzt herumtreibt.

Wir brauchten Stunden, bis wir die Wolke erreicht, den verletzten Engel auf den Schlitten geladen und an der Himmelspforte geklingelt hatten. Dort wurde er von Petrus in Empfang genommen, der sofort die Ärzte, lauter Engel in reinem Weiß, rief, die ihn – ein ausgerenkter Flügel soll sehr schmerzhaft sein – medizinisch versorgten. Inzwischen haben wir gehört, dass es ihm den Umständen entsprechend ganz ordentlich geht.

Was man von Ruprecht und mir nicht sagen kann.

Unser Zeitplan ist schrecklich durcheinandergeraten; unsere Touren dauern jetzt länger, denn drei Rentiere sind nun mal, obwohl sie ihr Bestes geben, nicht so schnell wie vier. Jeden Abend sind mein Knecht und ich so erledigt, dass wir nicht mal mehr Spiegeleier braten können. Wir schieben einfach eine Pizza in die Mikrowelle. Ich sag Dir eins, liebe Mathilde: Spätestens zu Weihnachten kann ich keine Pizza mehr riechen, geschweige denn essen. Ich sehne mich nach einem ordentlichen Braten mit Kartoffeln und Rotkohl! Du hast ganz recht: Eine Freundin im Haus wäre wirklich was Gutes.

Doch Dein Plan muss warten. Die Wünsche der Kinder gehen vor, wofür Du bestimmt Verständnis hast.

In aller Eile
Dein Nikolaus

Ich druckte die Mail aus, ging in mein Zimmer und überlegte mir, was ich nun tun könnte.

Eines war sicher: Der Nikolaus wollte nichts mit Jenny zu tun haben. Keine Ahnung, warum. Ich musste mir etwas Neues über-

Für dich
Für dich
Frohes Fest
Für dich
Für dich
Für dich

Für dich
Für dich
Für dich
Für dich
Frohes Fest

legen. Plan A war gescheitert, also musste Plan B her. So einfach war das.

Nur: Wie sah Plan B aus?

Jenny kam heute wieder zur Schule. Sie hatte die Haare gewaschen, ihre Augen waren nicht mehr geschwollen und nur eine Spur rot, und weil ich sie am Abend noch angerufen und ihr eingeschärft hatte, tapfer zu sein und wie eine Siegerin aufzutreten, sah ihr niemand ihr Unglück an.

Als wir in der großen Pause Johannes begegneten, winkten wir ihm sogar fröhlich zu, wobei es natürlich half, dass Oskar und Lukas, der Zweikomponentenkleber, bei uns standen.

Johannes wurde blutrot und verkrümelte sich … War ja nicht anders zu erwarten, wenn jemand so feige war wie dieser Loser, der elende, der auf meiner Werteskala unter die vorhandenen Minus-Zahlen gerutscht war.

Am Nachmittag waren wir wieder in der WollAG. Jeder von uns zeigte, was er fertig gehäkelt hatte, und ich muss sagen, das war eine ganze Menge. Sina war gerade bei der vierten Mütze, Florian hatte einen Schal, passend zu der Mütze, die schon fertig war, begonnen und sogar bereits einen halben Meter gestrickt. Immer abwechselnd zwei links, zwei rechts, und nach jeder zehnten Reihe Wechsel von Grün zu Blau. Sehr cool sah das aus. Einen Schal würde ich als Nächstes anfangen, nahm ich mir vor.

Anton war gerade dabei, in seine fertige Mütze das Schildchen einzunähen, auf dem *Mit Liebe gestrickt* stand und welches das Werk als echte Handarbeit auswies.

Dummerweise hatte Claudia, die alte Klatschtante, ein bisschen was von Jennys Unglück mitbekommen. Vermutlich im Reitstall, denn sie ritt sogar noch länger als Jenny. Jedenfalls fragte sie meine beste Freundin, für wen sie denn die Mütze häkeln würde, da Johannes ja mit Simone zusammen sei und sie ja leider noch immer keinen Freund habe.

Mir blieb die Spucke weg. »Hast du denn einen?«, wollte ich wissen.

»Nö«, entgegnete Claudia cool. »Und ich will auch keinen. Mir reicht mein Pferd. Mehr Freundschaft brauche ich nicht.«

»Höhö«, tönte Anton. »Wer's glaubt!«

Ich trat Jenny auf den Fuß, was bedeutete: Halt die Klappe!

Das tat sie auch, und weil Florian frischen Tee aufgebrüht hatte und uns allen nachschenkte, wurde das Thema fallen gelassen.

Wir kamen auf die zwei Fünftklässler zu sprechen, die die vier Deospraydosen leer gesprüht und damit den Alarm ausgelöst hatten.

»Wirklich, Mathilde, wir alle dachten, das sei das Werk deines kleinen Bruders und eurem Cousin gewesen«, sagte Jana.

Und Claudia setzte hinzu: »Dabei handelte es sich, wie man jetzt weiß, um Nachahmungstäter.«

Nachahmungstäter – in mir brodelte die Wut. »Hört mal«, sagte ich mit eisiger Stimme, »von Nachahmungstätern kann man in diesem Fall wohl kaum sprechen; schließlich haben Olli und Markus so was noch nie angestellt.«

»Wer weiß?« Claudia rümpfte die Nase. »Vielleicht haben sie's ja mal im Klo oder so ausprobiert. Ich meine, woher sollten die zwei Fünftklässler denn die Idee gehabt haben, wenn nicht von deinem Bruder und Markus?«

Sina, die Polizistentochter, kam mir zu Hilfe. »Du kannst nicht einfach zwei Jungs ohne jeden Grund verdächtigen«, fuhr sie Claudia an. »Das wäre ja so, als wenn wir von dir behaupten würden, du hättest mindestens acht Reihen an meiner Mütze aufgezogen!« Sie hielt ihr Werk hoch. »Wenn ich nur wüsste, wer das getan hat«, fügte sie hinzu.

»Das war ich«, sagte Sebastian plötzlich. Sebastian – der Leiter unserer WollAG! »Du hast die Anleitung nicht genau befolgt und viel zu viele Maschen zusammengehäkelt. Hättest du so weitergearbeitet, hätte die Mütze nur einer Puppe gepasst.«

Sina war nicht eingeschnappt; sie bedankte sich sogar bei Sebastian für seine Aufmerksamkeit und sagte zu Claudia: »Siehst du jetzt, wie vorsichtig man mit voreiligen Verdächtigungen sein muss?«

Claudia scharrte mit den Füßen. »Ich hab's ja nicht böse gemeint. Und was Simone angeht«, Claudia sah Jenny an, »ich weiß, du willst nicht darüber reden, Jenny. Aber es ist nur so, dass wir Mädchen vom Reitklub Simone nicht leiden können.«

Wieso fing Claudia jetzt wieder mit Simone an? Erneut trat ich Jenny auf den Fuß. Sie hielt sich erneut raus, weshalb ich fragte: »Ich kenne Simone nicht; weshalb könnt ihr sie denn nicht leiden?«

»Erstens pflegt sie das Pferd nach dem Reiten nicht so gründlich, wie sie es eigentlich sollte, zweitens hält sie die Zügel, die Bürsten und was sonst noch gebraucht wird, nicht in Ordnung, und drittens sagt sie immer, wenn wir nicht zufrieden wären, müssten eben wir nachbessern, was uns nicht passt. Sie ist ein echt faules Stück. Ach ja, und noch was: Egal wem es gehört – sie nimmt sich ohne zu fragen, was sie gerade braucht.«

»Genau«, sagte Jenny. Ich trat ihr heftig auf den Fuß.

»Hat sie sich so den Johannes gekrallt?«, erkundigte ich mich.

Claudia winkte ab. »Johannes hat es bei jeder von uns versucht und ist abgeblitzt. Der Kerl meint nämlich, er sei das Gelbe vom Ei. Er sei unwiderstehlich und brauche nur zu winken, dann käme jede angelaufen. Völlige Fehleinschätzung, wenn ihr mich fragt.« Sie wandte sich an Jenny. »Gut, dass du dich mit dem nicht eingelassen hast.«

Jetzt trat Jenny mir auf den Fuß. Ziemlich heftig sogar, aber das machte mir nichts aus. »Ja, nicht wahr?«, bestätigte ich. »Jenny hat den Typ sofort durchschaut.«

Florian reichte die Kekse herum. »Müsst ihr eigentlich immer über Jungs reden oder darf's auch mal ein anderes Thema sein?«

Wir lachten. Sina rief: »Wie wär's, wenn wir zur Abwechslung mal über Mädchen reden würden?«

Anton winkte ab. »Ich weiß ein besseres Thema.«

»Das wäre?«, wollte Jenny wissen.

»Wir reden über unseren Skiausflug.«

Der Skiausflug! Immer wenn genügend Schnee liegt, wurden alle Schülerinnen und Schüler unserer Schule in Busse geladen und ins nahe gelegene Skigebiet gefahren – inklusive Ski, Skateboards und Schlitten für die Unsportlichen.

Der Ausflug war das Highlight im Winterhalbjahr. Niemand wusste, wie viele Freundschaften an einem solchen Tag schon geschlossen oder Knochen sowie Herzen gebrochen worden waren – egal, das alles gehörte dazu und konnte uns die Vorfreude nicht verderben.

Am Freitag, dem letzten Schultag vor den Weihnachtsferien – der schon übermorgen war, juhu –, sollte er stattfinden. Früher ging's nicht. Bei starkem Schneefall und schlechter Sicht fürchteten die Lehrer, es könnten zu viele Unfälle passieren. Der Plan war, morgens um acht loszufahren, damit wir um neun auf der Piste standen, bis 13 Uhr fahren und dann noch in der Skihütte einkehren konnten, wo einige Mütter Essen kochten – freiwillig! –, das meist aus Spaghetti Bolognese bestand, weil das erfahrungsgemäß alle mochten. Gegen 16 Uhr würden wir dann wieder in der Schule sein und nach einer kurzen Weihnachtsfeier Ferien haben.

Gegen den Plan war nichts einzuwenden, fanden wir, und da wir WollAG-Leute zu den Sportlichen gehörten und seit der Kindergartenzeit Ski fuhren, freuten wir uns auf den Tag.

Als Oskar mich von der AG abholte und gleich den Arm um mich legte, verschwand Jenny wie ein Geist in der Nacht. Ich konnte mir schon denken, warum, rief sie aber abends noch mal an und fragte nach.

»Ich wollte euch nicht stören«, sagte Jenny, und ich hörte, wie traurig sie war. »Und ehrlich gesagt, Mathilde, bin ich ein bisschen neidisch auf deinen Oskar. Wenn ich doch nur einen Freund hätte!«

19. Dezember

Jennys Seufzer »Wenn ich doch nur einen Freund hätte« ging mir nicht aus dem Kopf, als ich am darauffolgenden Nachmittag in meinem Zimmer saß. Ich verstand den Wunsch ja nur zu gut – seit dem Sommer war ich selbst Single gewesen und wusste, wie blöd man sich fühlte, wenn andere händchenhaltend auf dem Schulhof standen. Wenn sie dann auch noch knutschten, war die Welt wirklich nicht in Ordnung. Da wünschte man die glücklich Verliebten nur noch auf den Mond.

Außer mir war nur Opa zu Hause und der hielt gerade wieder sein Mittagsschläfchen. Ich hatte es mir auf meinem Bett gemütlich gemacht und häkelte wie eine Verrückte, denn Opas Mütze musste unbedingt fertig werden, damit ich mich morgen an die für Oskar machen konnte. Wenn man das Muster raushatte, konnte man beim Häkeln prima nachdenken, und so wanderten meine Gedanken von der Kotzenhöfer, die mich an dem Tag wieder mal genervt hatte, zum bevorstehenden Skitag. Auf den freute ich mich, weil wir – Oskar, Lukas, Jenny, Olli, Markus und ich – zu den besten Fahrern gehörten. Bei uns war das nichts Besonderes; alle Kinder wurden hier vom Kinderwagen heraus direkt auf die Bretter gestellt. Ältere Geschwister gaben ihre Skier an die Jüngeren weiter, neue bekam man nur, wenn man die Kanten der alten nicht mehr nachschleifen konnte. So lag uns das Ski- oder Snowboardfahren sozusagen im Blut. Und natürlich freute ich mich auch auf den Skitag, weil ich zum ersten Mal im Lift knutschen konnte!

Ob Lukas wusste, dass Oskar und ich ein Paar waren? Ich hatte ihm nichts gesagt; vielleicht wusste er es von Oskar. Eigentlich war es ja komisch, dass Lukas immer so an uns klebte. Ob er Oskar beneidete, weil der jetzt eine Freundin (mich!) hatte, und er noch solo war?

Plötzlich schoss mir ein völlig neuer Gedanke durch den Kopf. Mensch, warum war ich nicht früher darauf gekommen? Ich Blödfrau …

Langsam, Mathilde, langsam, ermahnte ich mich. Erst denken, dann handeln, hörst du?

Okay, sagte ich mir, ganz von vorne.

Es ging um den Nikolaus.

Klar, es war sehr verdienstvoll von ihm, die Arbeit so ernst zu nehmen. Aber das persönliche Glück war doch auch wichtig. Warum verzichtete er darauf? Was hatte er gegen Jenny, wo sie doch ein kluges und hübsches Mädchen war und viel mehr konnte als nur Spiegeleier braten? Die Frage war, überlegte ich weiter, ob der Nikolaus grundsätzlich etwas gegen eine Freundin hatte. Wenn ja, würde ihn keine Mail und keine Jenny umstimmen. Niemals.

Ich musste also einen anderen Jungen für meine Freundin suchen.

Lukas zum Beispiel. Lukas und Jenny… Warum nicht? Ich persönlich fand Lukas zwar überheblich und eingebildet, aber Jenny würde ihm das schnell abgewöhnen.

Gut.

Das Dumme war nur, dass Jenny den Lukas zu gut kannte. Schon so lange wie ich meinen Oskar nämlich, also seit dem Kindergarten, aber inzwischen wusste ich, dass das kein Hinderungsgrund war. Und Lukas hatte sich auch verändert, zum Positiven! Früher hatte er mal so viele Pickel gehabt, dass jeder dachte, er hätte einen schlimmen Ausschlag, vielleicht sogar einen ansteckenden. Jahrelang lief er mit einer Zahnspange durch die Gegend, und zu allem Übel schnitt ihm meine Tante Silvie aus Sparsamkeitsgründen die Haare selbst. Wäre Lukas für mich ein Fremder gewesen, hätte ich damals einen riesengroßen Bogen um ihn gemacht; früher sah er wirklich furchtbar aus.

Und Jenny?

Noch vor zwei, drei Jahren hatte Jenny einen Besen auf dem Kopf. Jetzt sahen ihre Haare super aus, weil sie ein Glätteisen benutzte. Außerdem war ihr Babyspeck auf geheimnisvolle Weise weggeschmolzen, obwohl sie noch genau so gerne aß wie früher. Sie lernte weniger, schrieb aber viel bessere Noten als ich (vor allem in Englisch!), sie hatte keinen einzigen Pickel und roch nicht mal nach ihrer Reitstunde nach Pferdestall. Und, nicht zu vergessen, sie fuhr mindestens so gut Ski wie Lukas.

Alles in allem waren die beiden, genau wie Oskar und ich, wie

Für dich
Für dich
Frohes Fest

Frohes Fest
Für dich

füreinander geschaffen. Nur dass sie so aneinander gewöhnt waren, dass sie sich nicht als potenzielle Partner wahrnahmen.

Doch wofür hatte ich den Nikolaus?

Ich ging nach unten und schaltete den PC ein.

Lieber Nikolaus,

vor lauter Arbeit weißt Du nicht, wo Dir der Kopf steht, und jetzt bekommst Du auch noch eine Mail von mir, von der ich hoffe, dass Du sie beantwortest: Nur noch ein einziges Mal, lieber Nikolaus, brauche ich Deine Hilfe! Nicht für mich. Es geht immer noch um das Glück meiner besten Freundin Jenny, und da Glück ja viel wichtiger ist als das teuerste Geschenk, darfst Du nicht Nein sagen – bitte!

Es ist natürlich wahnsinnig schade, das Du nicht ihr Freund werden möchtest, und verstehen tue ich es sowieso nicht, wo Jenny doch wirklich ein sehr nettes Mädchen ist.

Du wirst Deine Gründe haben, aber die helfen Jenny leider nicht weiter.

Ich hätte schon längst an meinen Cousin Lukas denken sollen. Lukas würde sehr gut zu Jenny passen, aber es gibt ein Problem: Sie kennen sich schon ewig, und wie ich inzwischen weiß, ist es in einem solchen Fall ziemlich schwer, sich zu verlieben. Weil das aber bei mir und Oskar möglich war, könnte es doch auch zwischen Jenny und Lukas funken, denke ich mal – vorausgesetzt, Du hilfst ein bisschen nach.

Streng dich an, lieber Nikolaus!

Hoffnungsvolle Grüße von Deiner

Mathilde

Ich drückte gerade auf SENDEN, als das Telefon klingelte. Ich nahm ab, eine Stimme, die ein wenig zitterte und nach einer alten Person klang, sagte: »Ach bitte, könnte ich den Heinz sprechen? Es ist dringend.«

Heinz? Ich kapierte mit Verzögerung. »Meinen Opa?«

»Ach, spreche ich mit Mathilde?« Woher kannte die Stimme meinen Namen? Der Anruf wurde immer mysteriöser.

»Ja, ich möchte deinen Opa sprechen. Ist er zu Hause?«, wollte die Stimme wissen.

Weiß die Zitterstimme nicht, dass man sich mit seinem Namen meldete?, fragte ich mich. »Er schläft. Wenn ich ihn wecke, muss ich wissen, mit wem er sprechen soll.«

»Ja, natürlich. Wie dumm von mir«, bestätigte die Stimme hastig. »Ich bin Lilli. Wir sind befreundet, Heinz und ich.«

Mir rutschte fast der Hörer aus der Hand. Ich stotterte: »Moment mal«, und wollte schon nach oben gehen, als ich Opa auf der Treppe stehen sah. Frisch rasiert, gekämmt und meilenweit nach seinem Aftershave duftend. »Deine Freundin Lilli will dich sprechen.«

Mit dem Telefon in der Hand verschwand er in seinem Zimmer. Die Tür machte er so nachdrücklich zu, dass ich misstrauisch wurde. Was ging da vor?

Ich legte das Ohr an die Tür. Klar, man lauscht nicht, aber das war mir im Augenblick egal: Hatte Opa eine Freundin?

Wer war diese Lilli?

»... ist ja furchtbar ... Ja, ich wollte gerade ... Das geht jetzt nicht? ... Aber warum denn? ... Natürlich. Bin gleich bei dir.« Ich hörte ein Geräusch, als ob ein Stuhl gerückt würde, dann Schritte ... Ich flitzte zurück nach unten und setzte mich an den PC.

Opa tappte die Treppe herunter. Mit hängenden Schultern und traurigem Blick.

»Ist was?«, fragte ich, und dann, weil er nicht antwortete: »Opa, ist diese Lilli deine Freundin?«

Er ließ sich in den Sessel fallen. »Sie ist gestürzt«, murmelte er. »Wie konnte das passieren? Ich muss sofort zu ihr.«

»Opa«, wiederholte ich energisch, »ist Lilli deine Freundin?«

»Wie? Was?« Er hob den Blick. »Natürlich ist sie meine Freundin. Was denn sonst?«

Mir blieb die Spucke weg. »Sag bloß! Du hast dir eine Freundin zugelegt? In deinem Alter?«

Er rappelte sich aus dem Sessel und ging mit kleinen Schritten in den Flur. »Was soll die Frage: In deinem Alter? Das spielt doch überhaupt keine Rolle, Mathilde. Das habe ich neulich schon gesagt.«

Er zog seinen Mantel an. Der Schal fiel zu Boden. Ich bückte mich danach und legte ihn um seinen Hals. »Opa, bist du verliebt?«

Er nahm den Autoschlüssel vom Haken und sagte mit todernster Miene: »Merk dir eins, Mathilde. Liebe ist unabhängig vom Alter.«

Ich starrte ihm verdutzt nach, sah, wie er ins Auto stieg, und rief: »Darüber müssen wir reden, Opa! Hörst du? Und pass auf, die Straßen sind vereist!«

Kopfschüttelnd ging ich ins Wohnzimmer. Opa war verliebt! Ich glaub's nicht, dachte ich. Liebe, Lust und Leidenschaft – das war nur was für junge Leute. Für Oskar und mich, für Lukas und Jenny. Und überhaupt! Wie sah das denn aus, wenn sich zwei Runzellippen küssten?! Das wollte ich mir lieber nicht vorstellen …

Als ich den PC ausschalten wollte, sah ich die Mail.

Liebe Mathilde,

so leid es mir tut – ich kann Dir nicht helfen.

Bei Ruprecht und mir ist die Hölle los! Zu der ganzen Arbeit kommt jetzt auch noch die Sorge um Rudolph hinzu.

Die Sache ist die:

Rudolph hat, wie schon gesagt, diesen Dickkopf. Wir dachten, er käme zurück, wenn er sich wieder beruhigt hat, aber gerade eben kam ein Engel und berichtete, in Petrus' Nachrichtenzentrale sei ein Hilferuf von einem gewissen Rudolph eingegangen. Petrus konnte den Verunglückten ohne Probleme orten, schickte sofort einen Engel, der ihn auch fand und einwandfrei feststellte, dass es sich um ein rotnasiges Rentier handelte, das sich im All verirrt hatte.

Der Engel wollte vor ihm her fliegen und ihn so auf den rechten Weg bringen, aber nichts da. Rudolph bockte. Er sei abgehauen wegen eines Engels, sagte er, jetzt würde er ja sein Gesicht verlieren, wenn er sich von einem solchen helfen lassen würde. Er bleibe, bis Ruprecht und ich ihn holen würden. Er habe Hunger, wir sollten uns beeilen.

Was sagst Du dazu, liebe Mathilde?

In Eile

Nikolaus

Soll er doch verhungern, der sture Rudi, war mein erster Gedanke. Dann musste ich lachen. Dieser Kerl, der den Nikolaus spielte, hatte sich geschickt aus der Affäre gezogen. Nur: Warum wand er sich so? Warum war ihm Jennys Glück egal, und warum, zum Donnerwetter, gab er seinen Namen noch immer nicht preis?

Ich häkelte ein paar Reihen, dann wusste ich, was ich dem Nikolaus antworten würde.

Liebster, bester Nikolaus,

ich liebe D…

Da schrillte unsere Haustürglocke. Vor Schreck klickte ich auf SENDEN. So ein Mist! Ärgerlich ging ich zur Tür, öffnete – und stand Oskar gegenüber.

»Sind wir verabredet?«, stotterte ich. »Komm erst mal rein.«

Oskar folgte mir ins Wohnzimmer, wo ich den Computer ausschalten wollte, aber er nahm mich in die Arme und küsste mich.

Ich war nicht bei der Sache. Oskar merkte das, schob mich von sich und sah zum Computerbildschirm. »Hast du 'ne Mail bekommen? Von wem denn?«

»Ist nicht wichtig.«

Er ging dichter ran und las laut: »›Liebster, bester Nikolaus, ich liebe D…‹ Dich? Wolltest du *Ich liebe Dich, Nikolaus* schreiben? Mathilde, was hat das zu bedeuten? Liebst du einen anderen?«

»N… nein, natürlich nicht«, stotterte ich. »Du verstehst das ganz falsch. Ehrlich.«

»Du irrst dich, Mathilde. Ich verstehe das goldrichtig.«

Ich war völlig verzweifelt und platzte heraus: »Du bist so dickköpfig wie Rudolph! Kapierst du denn nicht, dass du auf dem Holzweg bist? Ich wollte –«

Mann, war das kompliziert! Ich hatte *Ich liebe Deine Ausflüchte* schreiben wollen. Es war ja verständlich, dass Oskar die Botschaft anders las. Nur – warum glaubte er mir nicht? Ich war so verzweifelt, dass der Tag auf –10 rangierte.

20. Dezember

Immer hatte ich mich auf den Skitag gefreut, und wenn, so wie heute, ideale Bedingungen herrschten – blauer Himmel, keine Wolke, strahlende Sonne, ideale Temperatur und richtig viel Schnee –, wäre meine Freude normalerweise grenzenlos gewesen. Doch an diesem Morgen stand ich ungern auf.

Die erste Überraschung erlebte ich beim Frühstück. »Opa ist heute Nacht nicht nach Hause gekommen. Ist einfach abgehauen«, sagte Olli. »Hat nicht mal Bescheid gegeben, wo er steckt. Also wenn ich das bringen würde, wäre der Teufel los.«

Lustlos löffelte ich das Müsli. »Seine Freundin ist gestürzt. Möglich, dass er bei ihr ist.«

Meiner Mutter rutschte die Kanne aus der Hand, Kaffee schwappte auf das Tischtuch. »Was hast du gesagt? Er hat eine Freundin?«

»Ja. Lilli heißt sie.«

»Du kennst sogar ihren Namen?«, erkundigte sich Pa. »Warum du und nicht wir?«

Ma starrte mich an, als wäre ich ihr richtig unheimlich. »Mathilde, sag uns, was du weißt.«

»Wahrscheinlich hat Opa sein Handy nicht gehört, weil er sein Mittagsschläfchen hielt. Jedenfalls rief diese Lilli gestern Nachmittag auf dem Festnetz an. Opa sagte mir dann, sie sei gestürzt, er müsse ihr helfen. Das ist alles.« Ich schob die leere Müslischale beiseite. »Ach ja. Er hat noch gesagt: ›Mathilde, merk dir eins: Liebe ist keine Frage des Alters.‹«

»O Gott o Gott o Gott«, jammerte meine Mutter los. »Es heißt aber auch: Alter schützt vor Torheit nicht. Ich kenne keine Lilli; jedenfalls nicht in unserer Stadt, doch kaum ist der Opa bei uns, taucht eine auf, und keiner weiß, was sie im Schilde führt.«

Pa biss in sein mit Honig bestrichenes Brötchen. »Mach mal halblang, Beate. Es ist doch selbstverständlich, dass sich ein Mann um seine Freundin kümmert. Vermutlich saß der Opa die ganze Zeit an ihrem Bett und hielt ihre Hand; was stört dich daran?«

Olli verdrehte die Augen. »Ma, wir brauchen noch ein Lunchpaket. Skitag – du weißt doch. Und Geld für die Liftkarte.«

Unsere Skier standen schon vorm Haus. Nach dem Frühstück packten wir alles zusammen, schnallten sie an (auf den Gehwegen lag genug Schnee) und glitten zur Schule, wo die Busse schon bereitstanden.

Mein Herz klopfte wie verrückt. Ich fragte mich natürlich, ob Oskar noch immer sauer auf mich war – das war so ungerecht! Und unnötig!

Aber da stand er. Lachte mich an. »Sorry. Gestern bin ich ausgeflippt, Mathilde. Tut mir echt leid, kommt nicht wieder vor.«

»Ha!« So leicht machte ich es ihm nicht. »Einfach sorry sagen und alles ist vergeben und vergessen? Mann, wie stellst du dir das vor? Du hast mich zu Unrecht verdächtigt! Ich und einen anderen – pass bloß auf, dass ich das nicht wahr mache!«

Lukas drängte sich zwischen uns. »Streit zwischen Verliebten?«

»Halt dich raus«, sagten Oskar und ich gleichzeitig.

Er streckte die Hand aus. »Friede?«

Ich beäugte die Hand, als wäre sie eine eklige Ratte. »Warst du etwa eifersüchtig?«

»Was sonst?«

Ich funkelte ihn an. »Blödmann.«

»Friede?«, wiederholte Oskar ungerührt.

»Von mir aus.«

Während wir aufpassten, dass die Skier eingeladen wurden, schaute ich mich nach Jenny um. Sie kam, als unser Busfahrer den Motor anließ, sah mich am Fenster, machte dem Fahrer ein Zeichen wegen ihrer Bretter und stieg ein. Ich winkte und deutete auf den leeren Platz neben mir. Als sich Jenny zu uns nach hinten quetschte, sagte ich zu Oskar: »Ich setz' mich neben dich. Lukas, rutscht du rüber?«

Das hatte ich gut gemanagt; Jenny saß jetzt neben Lukas, und wenn sie die Gelegenheit nicht nutzte, war ihr nicht zu helfen.

Die Fahrt dauerte eine Dreiviertelstunde und lief ab wie immer. Einigen wurde schlecht, andere mussten unbedingt pinkeln, es wurden Karten gespielt, ein paar Liebespaare küssten sich, viele aßen ihr Lunchpaket (lieber leicht im Magen als schwer im Rucksack),

man stritt sich mit dem Fahrer wegen der Musik, der Lautstärke, der Klimaanlage, wegen zu schnellen oder zu langsamen Fahrens, man hörte die blödesten Witze – und die Lehrer waren so gut wie machtlos …

Wie gesagt: Es war wie immer. Bis auf die Tatsache, dass ich Oskar noch nicht so richtig vergeben hatte. Ich fand nämlich, dass er mich vor allen anderen überrumpelt und damit den Friedensschluss praktisch erzwungen hatte.

Das passte mir überhaupt nicht; ich ließ mich nun mal nicht gerne überrumpeln und schon gar nicht zu etwas zwingen. Gut, Jungs waren in Beziehungssachen unsensibler als wir Mädchen – genauer gesagt waren sie oft echte Holzköpfe – aber genau deswegen musste er wissen, was ich von der Aktion vorm Bus hielt. Mein Pa hatte mir und meinem Bruder nämlich eingehämmert, dass man nicht feige kneifen, sondern zur eigenen Meinung stehen und gleich am Anfang einer Freundschaft die Weichen stellen musste.

Ich legte mir also ein paar zündende Sätze zurecht, doch gerade, als ich den Mund aufmachte, segelte eine Coladose durch die Luft. Die landete exakt und mit erheblicher Wucht an Lukas' Kopf. Da sie, wie es sich herausstellte, von ziemlich weit vorne kam, ungeöffnet und daher voll war, brüllte er wie ein Stier. »Welcher Depp war das?!«

Schlagartig wurde es still im Bus. Der Fahrer hatte vor Schreck sogar das Radio leise gestellt und blickte wie alle anderen auch nach hinten.

»Passen Sie auf, Mann«, schrie die Kotzenhöfer. Aber da war's schon passiert. Es rumste, es knirschte, Lukas lag in voller Länge im Mittelgang, die Dose rollte vor zum Fahrer. Er hob sie nicht auf. Er hatte Wichtigeres zu tun, nämlich, den Schaden zu betrachten: Sein Bus hatte den vor uns fahrenden gerammt. Es hatte aber nicht besonders stark gerappelt; also, fand ich, konnte auch nicht viel kaputt sein.

Lukas stand auf. »Du bist schuld!«, schrie die Kotzenhöfer ihn an. »Du hast den Fahrer zu Tode erschreckt!«

Da hörte sich doch alles auf! Ich schnellte vom Sitz. »Falsch!

Lukas hat eine Coladose an den Kopf bekommen! Die hat jemand mit voller Wucht nach hinten geworfen!«

Inzwischen hatte Lukas die Dose wieder in der Hand und zeigte auf die Beule an seinem Kopf, die sich gebildet und nicht gerade nur Erbsengröße hatte. »Reicht das als Beweis?«, fragte er. »Ich will wissen, welcher Depp die Dose nach hinten geschickt hat!«

Die zwei ebenfalls mitfahrenden Lehrer hatten Mühe, Lukas davon zu überzeugen, dass den Täter zu fassen jetzt gerade nicht das größte Problem war. Sie mussten auch die Kotzenhöfer beschwichtigen, die Kleinen am Aussteigen und Gaffen und den Fahrer am Explodieren hindern, der tatsächlich behauptete, sie, die Lehrer, seien schuld an allem. Sie hätten für Ordnung und überhaupt dafür zu sorgen, dass niemand ein Geschoss ans Hirn bekäme. Keinen Meter weiter würde er eine solche Chaotenbande befördern.

Na gut …

Wie sich herausstellte war die Sache mit der Dose ein Missverständnis. Es war nämlich so, dass Jens dem Lukas eine Cola schuldete und ja nicht ahnen konnte, dass der zu blöd war, die Dose aufzufangen wie Manuel Neuer den Ball vorm Tor. Daher war er selbst schuld, dass ihm jetzt eine Beule gewachsen war. Lukas sah das genauso; die zwei gaben sich die Hand und damit war die Sache gegessen.

Und auch ich vergaß, Oskar die gepfefferten Sätze an den Kopf zu werfen. Ein bisschen konnte ich ihn ja auch verstehen, ich hätte dasselbe gedacht wie er. Also, Schwamm drüber!

Als der Fahrer auch das Fluchen eingestellt hatte, konnte er sogar unseren Bus vom anderen lösen und ohne Probleme bis zur Liftstation fahren. Klar, wir kamen mit ein bisschen Verspätung und als Letzte an. Aber so war es nun mal – eine Fahrt im Schul- beziehungsweise Skibus war halt kein harmloser Kindergeburtstag. Da ging's schon mal etwas lebhafter zu.

Aber das Chaos im Bus war nichts im Vergleich zum Chaos vor der Liftstation.

Skier wurden vertauscht, nagelneue Snowboards bekamen Kratzer, Rucksäcke wurden gesucht, Liftkarten gingen verloren, weil

manche zu schusselig waren, den Reißverschluss an der dafür vorgesehenen Jackentasche zuzumachen, und viele versuchten, sich in der Schlange vorzudrängeln, was zu harten Kämpfen führte.

Wir alte Hasen gingen erst mal ins Bistro, tranken Skiwasser und warteten ab, bis sich der Rummel gelegt hatte.

Wir nahmen zuerst die Gondel, dann den Sechsersessel, schließlich den Zweier, dann standen wir oben auf dem Gipfel.

Es war ein unglaublich tolles Gefühl, wenn man ringsumher die weißen Zacken der Berge sah, darüber wölbte sich der Himmel in einem brutal tiefen Blau, der Schnee glitzerte und glänzte, und die Sonne strahlte so hell, dass man trotz Skibrille die Augen zukneifen musste. Und jetzt konnte ich sagen: Es war nicht nur toll, im Lift geküsst zu werden, sondern ganz oben fast über den Wolken war es noch viel toller!

Wir fuhren unzählige Male die Pisten hoch und runter und saßen gerade mal wieder im Sechsersessel, als Lukas zufällig auf die Uhr sah. Die Zeit war vergangen wie im Flug! Schon wurden wir unten an der Liftstation erwartet.

Auf dem Weg hinunter merkte ich dann auch, wie hungrig und durstig ich war. Unten angekommen wurden wir gleich von etlichen Lehrern in Empfang genommen – und in die Zange.

»Dieser Olli! Dieser Markus!«

Wir schnallten die Skier ab, rammten sie in den Schnee und zogen die Handschuhe und Brillen aus.

Oskar nahm meine Hand. »Was ist denn passiert?«

»Genau«, sagte Lukas. »Das möchte ich auch wissen.«

»Frau Kotzenhöfer ist gestürzt«, teilte uns Herr Meier, der Sportlehrer, mit. »Wir vermuten, dass ihr einer der Jungs hinten über die Skier gefahren ist.«

»Ne«, sagte Lukas entschieden. »Weder Markus noch Olli. Dafür fahren die viel zu gut.«

»Außerdem wissen sie, dass Frau Kotzenhöfer nicht besonders sicher auf den Brettern steht«, ergänzte ich.

Und Jenny fügte hinzu: »Jemand oder etwas anderes muss sie zu Fall gebracht haben. Was genau ist geschehen?«

Als Lukas ihr so laut, dass die Umstehenden es hören mussten, ins Ohr flüsterte: »Vielleicht hat sie während der Fahrt zu viele Englischvokabeln dekliniert«, prusteten einige los.

Herr Meier fand das gar nicht lustig. »Das ist nicht zum Lachen. Den Knöchel hat sie sich verstaucht. Der muss geröntgt werden; vielleicht ist er ja auch gebrochen.«

Am Ende kam die Lehrerin, die mich immer piesackte, ins Krankenhaus! »Wie lange dauert denn so eine Verletzung, bis sie verheilt ist?«

Alle grinsten, jetzt sogar auch der Sportlehrer. »Man muss das Ergebnis der Untersuchung abwarten«, wich er aus. »Okay. Was habt ihr zu sagen?«, wollte er von Olli und Markus wissen.

»Wir waren's wirklich nicht«, beteuerte Olli. »Es ist so ungerecht, immer uns zu verdächtigen!«

»Warum ist das wohl so?«, fragte Herr Meier. »Ihr seid eben berüchtigt!« Er wurde ernst. »War denn niemand in eurer Nähe, der den Unfall hätte sehen können?«

Die beiden starrten auf ihre Skistiefel. Schwiegen. Scharrten Schnee beiseite. Zogen die Nase hoch.

»Aha«, sagte Lukas. »Ihr wisst also etwas.«

Sie nickten.

»Aber sagen wollt ihr nichts?«, fragte unser Sportlehrer.

Sie schüttelten den Kopf.

»Warum denn nicht?«

»Na«, sagte Jenny, »weil sie anständig sind. Die petzen nicht.«

Ich hätte meine Freundin umarmen können, so dankbar (+10) war ich ihr.

»Wir haben gesehen, wie die Kotzenhöfer gefallen ist«, sagte Markus. »Dann«, sagte Olli, »wollten wir ihr helfen. Nur deshalb waren wir in ihrer Nähe. Pech für uns, was, Markus?«

21. Dezember

Nachdem Frau Kotzenhöfer abtransportiert worden war und Olli und Markus weiter schwiegen, marschierten wir, also Oskar und ich, Lukas und Jenny, Markus und Olli, in die Skihütte, wo ein paar Mütter in riesigen Töpfen rührten. Zur Auswahl standen Spaghetti oder Makkaroni, Fleisch- oder Tomatensoße, Schokopudding oder eine Banane.

»Entweder – oder?«, erkundigte sich Lukas empört. »Wir nehmen alles!«

Die Tablettes in den Händen schoben wir uns durch die Menge, bis wir einen geeigneten Tisch ergattern konnten. Zuerst kümmerten wir uns ums Essen, dann vergewisserte ich mich, dass uns niemand belauschen konnte – bei dem Geschrei und Geklapper war das allerdings ziemlich unwahrscheinlich –, und fragte meinen kleinen Bruder: »Wie war das jetzt mit dem Unfall?«

»Also gut.« Markus schälte die Banane. »Jemand ist ihr hinten über die Bretter gefahren. Nur eben nicht wir.«

Lukas löffelte Schokopudding. »War's Absicht oder Zufall?«

»Reiner Zufall, würd' ich mal sagen.« Olli hob die Augen nicht vom Teller. »Obwohl ... jemand fühlte sich ungerecht behandelt.«

»Aha.« Oskar grinste verständnisvoll. »Ihr kennt den Jemand?«

»Klar. Aber wir verpfeifen ihn nicht.«

»Der Jemand könnte sich freiwillig melden«, schlug Oskar vor.

»Bist du blöd oder was?«, fuhr Olli auf. »Wo ihm die Kotzenhöfer eine Strafarbeit verpasst hat, für die drei Nachmittage draufgingen? Drei Nachmittage!«, wiederholte er. »Stell dir das mal vor, Mann!«

Oskar winkte ab. »Lieber nicht. Was hat der Jemand eigentlich angestellt?«

»Nichts«, antworteten Markus und Olli gleichzeitig. Dann lachten sie los. Nach und nach stellte sich heraus, dass die beiden eben doch, wenn auch indirekt, an der Sache beteiligt gewesen waren: Jemand aus ihrer Klasse wurde beim Abschreiben erwischt, die Kotzenhöfer nahm dem Jungen das Heft weg und malte die Sechs unter die Arbeit, worauf er protestierte. Wir alle wussten, dass die Kotzenhöfer Prostest nicht leiden konnte, jedenfalls musste der Junge zur Strafe ein Gedicht auswendig lernen.

»Eine Ballaaaade«, sagte Olli und dehnte das aaa, um anzudeuten, wie lang die war.

Worauf der Junge zu Olli und Markus ging und fragte, wie er sich rächen könne. Olli fielen die Knallfrösche ein, die er auf dem Weihnachtsmarkt erworben hatte. Sie planten, den Papierkorb unter den Lehrertisch zu stellen und die Knallfrösche darin explodieren zu lassen.

Der Plan scheiterte daran, dass der Papierkorb in der nächsten Stunde neben der Tafel stand. Als der Jemand dann aber sah, wie die Kotzenhöfer mit steifen Knien, mieser Haltung und verkniffenem Gesicht die Piste runterrutschte, schlug seine Stunde.

»Hat denn niemand außer euch beiden gesehen, wie sie zu Fall kam?«

Die Jungs schauten uns mit unschuldigen Mienen an. »Das konnte niemand so genau sehen. Wir sind doch hinter und vor der Kotzenhöfer gefahren. Weil«, Markus stieß Olli in die Seite, »sie dann fürchtete, jemand würde in sie reinbrettern. Hat sie ganz zitttrig und unsicher gemacht. Da war dann auch der Skikurs von den Zwergen. Einer davon ist ihr tatsächlich hinten über die Bretter gerutscht und weitergefahren. Das war's. Ehrenwort.«

Plötzlich machte Jenny den Mund auf. »Es war kein Junge, der sich gerächt hat. Es war die Sarah.«

»W...was sagst du?«, stotterte Markus. »W ... woher willst du das wissen?«

Jenny kreuzte die Arme vor der Brust. »Weil ich weiß, dass die Sarah ein langes Gedicht auswendig lernen musste. Sie ist meine Nachbarin. Ich finde, ihr solltet zugeben, dass ihr die Bahn der Kotzenhöfer absichtlich gekreuzt habt.«

Lukas schob seinen Teller beiseite. »Das ist nicht dein Ernst, Jenny.«

Mein schöner Plan! Den ganzen Vormittag fuhren die beiden Seite an Seite; ich hatte schon gehofft, der Liebesfunke würde überspringen – und nun das! Wenn Jenny petzte, würde sich Lukas auf die Seite seines Bruders schlagen. Natürlich würde er das tun! Dann wär's aus zwischen den beiden, bevor es überhaupt angefangen hatte ...

Ich beugte mich zu ihr rüber. »Willst du petzen?«

Manchmal war Jenny wirklich ein Biest. Sie wartete und wartete, wir hielten den Atem an, dann lachte sie. »Ihr glaubt aber auch alles, oder?«

Lukas hob die Hand und – klatschte Jenny ab. Olli und Markus stießen die Luft aus.

»Du hältst dicht?«, fragte Olli.

»Na klar.«

Wir waren so erleichtert, dass wir uns in die Schlange stellten und uns eine zweite Portion Spaghetti und Makkaroni auf die Teller klatschen ließen. Da passierte es.

Es waren die Skistiefel. Wie jeder bei uns wusste, machte man die Schnallen auf, um überhaupt gehen zu können. Bei dem Großen aus der Zehnten standen die geöffneten Schnallen ab, und als er mit dem vollen Teller zum Tisch gehen wollte, verfingen sie sich in der Hose eines anderen. Der aus der Zehnten stolperte, der ganze Spaghettiberg flog in die Luft und – landete auf Jennys Skianzug.

Mit einem Satz hatte Lukas den Großen am Wickel, schrie ihn an und schüttelte ihn, aber am Ende hatte das Ganze sein gutes – denn genau die Portion Tomatenspaghetti waren die Ursache, dass Jenny Lukas um den Hals fiel.

Wie peinlich, dachte ich zuerst, weil Lukas steif wie ein Stock und mit feuerrotem Kopf dastand und offensichtlich nicht kapierte, was ihm geschah. Bis der Cent bei Lukas fiel. Dann nämlich warf er die Arme um Jenny. Er drückte sie so heftig und so lange, bis auch dem Dümmsten ein Licht aufging: Gerade hatten sich die zwei verliebt!

Darüber war ich so froh, dass ich meinen Oskar vor allen anderen küsste.

Hätte nicht sein müssen, sagte Olli später. Ich fand's unvermeidlich.

Nach dem Essen begann die bekannte Prozedur: Alles rein in die Busse, Heimfahrt mit Endstation Schule, dort kurze Weihnachtsfeier in der Aula, dann, endlich: FERIEN!

Oskar begleitete mich nach Hause.

»Treffen wir uns morgen?«

»Na klar«, antwortete ich automatisch. »Das heißt, wenn Opa wieder aufgetaucht ist. Falls wir ihn suchen müssen, kann ich für nichts garantieren. Das verstehst du doch, oder?« Ich fasste die Ereignisse kurz zusammen, dann standen wir auch schon vor unserem Haus.

Weil Olli uns eingeholt hatte, fiel unser Abschied leider sehr kurz aus.

Drinnen wurden wir von dem Duft nach Keksen – Ma hatte offenbar noch einmal gebacken – und Opa empfangen, der die übliche Frage stellte: »Wie war's in der Schule?«

»Wie war's beim Abhauen?«, erwiderte Olli.

Opa wuschelte ihm durch die Haare und berichtete genau das, was wir vermutet hatten: Er hatte die ganze Nacht am Bett seiner Freundin gesessen. Die hatte sich, im Gegensatz zu unserer Kotzenhöfer, nur den Po geprellt.

Ganz müde von dem aufregenden Tag fielen Olli und ich früh ins Bett und genossen am nächsten Tag, dass wir ausschlafen konnten! Endlich waren Ferien und Weihnachten stand kurz vor der Tür. Jenny und Lukas hatten sich, auch dank meiner Hilfe, verliebt und ich hatte meinen Oskar! Schöner konnte es doch kaum sein. Doch eine Sache war immer noch offen …

Als Ma und Opa am Nachmittag zu Lilli gingen, um ihr etwas zu essen zu bringen, setzte ich mich an den PC und –

Liebe Mathilde,

Du wolltest mir antworten, wurdest aber gestört, stimmt's?

Ich liebe D… *hast Du geschrieben. Du liebst mich, obwohl Du einen Freund hast? Na so was. Weiß er das? Stört ihn das nicht?*

Ich wäre total sauer, wenn ich eine Freundin hätte, die einem anderen mailen würde: Ich liebe D…

Sag mal –

Sorry, ich muss Schluss machen. Gerade kommt unser Rudi zurück.

Bis später!

Nikolaus

Für dich
Für dich
Frohes Fest
Für dich
Für dich

Für dich
Für dich
Für dich
Für dich
Frohes Fest

Meine Güte! Ich blies die Backen auf, fuhr mir durch die Haare, überlegte kurz und schrieb:

Hallo, Nikolaus,

Deine letzte Mail finde ich echt blöd. Nur weil ich gestört wurde, wie Du richtig vermutet hast, und das Wort nicht mehr ausschreiben konnte, ziehst Du falsche Schlüsse.

Ich wollte nicht Ich liebe Dich *schreiben, sondern* Ich liebe Deine Ausflüchte. *Es ist doch so: Weil Dir meine Freundin Jenny nicht gefällt, schreibst Du einfach was über den Rudolph. Das blöde Tier interessiert mich aber kein bisschen. Es hätte genügt, wenn Du mir gemailt hättest: Liebe Mathilde, Jenny muss sehen, wie sie zu ihrem Glück kommt.*

Basta.

Stattdessen eierst Du rum und erfindest blöde Geschichten von Engeln und Petrus und Galaxien. Das ist Fantasy, Nikolaus. Kannst Du Dir sparen. Und um Jenny musst Du Dir auch keine Gedanken mehr machen. Heute hat es zwischen Lukas und ihr nämlich gefunkt. Dafür gibt's jede Menge Zeugen; die ganze Skihütte hat das mitbekommen. Ich hab mich so für Jenny gefreut, dass ich meinem Oskar um den Hals gefallen bin, was mein kleiner Bruder peinlich fand.

Aber okay, Schwamm drüber.

Was ich Dir sagen möchte: In zwei Tagen ist Heiligabend. Danach wirst Du Dich wieder hinterm Nordpol verkrümeln, wirst ausschlafen und Dich erholen. Dein Knecht Ruprecht wird die Tiere versorgen, vielleicht wird er auch dem unsensiblen Rudi eins über die rote Rübe geben. Was machst Du eigentlich in den Monaten bis zum nächsten Dezember? Socken stricken? Mit gelangweilten Engeln Mensch ärgere dich nicht *spielen? Im Orchester der Engel die Posaune blasen? Im Chor mitsingen? Oder mit Petrus vorm Kamin sitzen und über die depperten Leute auf der Erde lästern?*

Ich erwarte Deine letzte Mail.

Mathilde

Ich klickte gerade auf SENDEN, als Ma ins Wohnzimmer kam.

»Hallo Mathilde, was tippst du da schon wieder?«

Himmel aber auch! Fing sie jetzt doch wieder mit Cybermobbing an, obwohl ich mit Oskar zusammen war und sie glaubte, er wäre der Nikolaus? Zuzutrauen wär's ihr. Aber ich hatte keine Lust auf eine Diskussion – oder einen weiteren Vortrag. Der Nikolaus hatte mich schon genug geärgert.

»Ich habe nur was ausprobiert«, sagte ich, schaltete den PC aus, ging an Ma vorbei und die Treppe hoch in mein Zimmer. Ich war erstaunt, dass sie nicht weiter nachhakte, denn das war eine sehr schwammige Antwort gewesen. Aber vielleicht war ihr ja doch klar, dass ihr Misstrauen ganz schön daneben war!

22. Dezember

Warum lässt du mich nicht ausschlafen?«, fuhr ich meinen kleinen Bruder an, der Sonntagfrüh wieder mal mit einer Nikolausmail an meinem Bett stand.

»Kannst du dem Kerl nicht sagen, er soll mit dem Blödsinn aufhören?«, beschwerte sich Olli. »Mensch, Mathilde, ich mein's ja nur gut!«

Er zog beleidigt ab und ich hielt mir die Mail vors Gesicht.

Liebe Mathilde,

ich hoffe doch, dass Du am Schicksal meines Rudolphs Anteil nimmst. Deshalb maile ich noch schnell das Ende seines Abenteuers, bevor ich mich in die letzte Phase des Festtagtrubels stürze.

Das neueste in Kürze: Rudolph ist wieder unter uns.

Wie das kam?

Du erinnerst Dich, dass ihn ein Schutzengel bis zu einer bestimmten Stelle begleiten sollte, von wo aus er dann den richtigen Weg hätte finden können. Doch Rudi bockte.

Wir regten uns auf, wir sorgten uns um ihn, aber Petrus blieb die Ruhe selbst. Er versicherte uns, er hätte Rudi einwandfrei geortet, das Koordinatensystem arbeite fehlerfrei, der Platz vorm Bildschirm sei rund um die Uhr besetzt, und Rudi würde erfahrungsgemäß spätestens dann vernünftig werden, wenn ihn Hunger und Durst plagten.

Genau so war's dann auch.

Als sich das Pünktchen auf dem Bildschirm (Rudi) bewegte, als es immer schneller zuerst in die eine, dann in die andere Richtung und schließlich völlig kopflos herumzuckte, wartete Petrus so lange, bis es sich nicht mehr rührte. Erst dann, als Rudi völlig erschöpft war, schickte er den Engel mit einem Büschel Heu im Rucksack los.

Die Menge war genau berechnet; sie reichte nur gerade aus, um ihn mit Kraft für den Heimweg zu versorgen.

Kaum hatte er den Stall erreicht, brach er zusammen. Unsere anderen Rentiere mümmelten ihr Kraftfutter; Rudi war zu schwach dazu. Er soff Wasser, und als er sich ein bisschen erholt hatte, flatterte der Engel in den Stall, ließ sich vor ihm nieder und beäugte ihn schwei-

gend. Als Rudi schließlich auf die Füße zu kommen versuchte, streckte er ihn mit einem einzigen Flügelschlag nieder.

»Warum tust du mir das an?«, jammerte Rudi. »Wenn jemand am Boden liegt, hilft man ihm.«

»Ist das so?«, entgegnete der Engel. »Komisch. Wir dachten, das wüsstest du nicht. Weil – du hast dich geweigert, meinen verletzten Freund abzutransportieren.«

»Ich war fix und fertig. Ich –«

Der Engel hob den Flügel.

»Schon gut, schon gut«, heulte Rudi. »War nicht richtig. Tut mir leid.«

»Na also. Geht doch.« Der Engel wartete. »Und?«, fragte er schließlich.

»Was – und?«

»Strafe muss sein. Was schlägst du vor?«

»Gib mir was zu fressen. Mit leerem Magen kann ich nicht denken«, protestierte Rudi.

Der Engel war unerbittlich. Schließlich willigte Rudi ein, bei den letzten Fuhren, den schwersten und längsten vor Weihnachten, den Schlitten allein zu ziehen. Allerdings, liebe Mathilde, bedeutet das auch, dass mein Knecht und ich ihm beim Ziehen helfen müssen.

Warum ich Dir Rudis Geschichte maile?

Weil Du nicht bist wie er.

Du hast Dich um Deine Freundin Jenny gesorgt. Du wolltest sie glücklich sehen.

Dagegen war mein Rudi ein Holzkopf. War auf sein Markenzeichen, die rote Nase nämlich, stolz und schonte sich, ohne Rücksicht auf den verletzten Engel zu nehmen.

So. Das musste gesagt sein.

Ich bedaure es sehr, dass Du nur meine Ausflüchte, nicht aber mich liebst. Ich habe Deine Mails sehr gerne gelesen.

Erinnerst Du Dich noch an deinen Wunschzettel? Da hast Du kurz und knackig geschrieben:

Ich wünsche mir einen Freund, der cool und witzig ist und mir nicht auf den Geist geht.

Bitte schick mir noch eine allerletzte Mail. Schreib mir, ob Dein Freund Deinen Wünschen entspricht.

Nikolaus

PS: Deine Antwort ist sehr wichtig für mich.

Das Blatt flatterte zu Boden, ich drehte mich auf die Seite, kniff die Augen zu – und konnte um nichts in der Welt wieder einschlafen. Dabei war es erst sechs Uhr morgens, das ganze Haus schlief noch. Komisch, dass Olli schon aufgestanden war.

Die Frage nervte mich; ich schlüpfte aus den Federn und ging in sein Zimmer. Er lag gemütlich im Bett und las wieder mal *Asterix und Obelix*. »Warum hast denn nach den Mails geguckt? Schreibt dir jemand?«

»Klar. Markus. Der hat immer noch nicht sein Handy zurückbekommen. Und telefonieren geht schlecht. Jeder hört mit«, erklärte er. »Noch was?«

»Nö.« Ich ging runter und setzte mich vor den PC. Die allerallerletzte Mail … Jetzt konnte mir der Typ, der sich Nikolaus nannte, doch seinen Namen nennen, oder?

Lieber Nikolaus,

ich schreibe Dir eine kurze Mail zum Abschied.

Punkt eins: Mein Freund

Ja, mein Freund ist in Ordnung. Manchmal könnte er etwas witziger sein, trotzdem bin ich stark in ihn verliebt. Die Mädchen in meiner Klasse beneiden mich, aber das ist mir egal. Ich würde ihn auf jeden Fall lieben und hoffe stark, dass er das weiß. Mein Opa hat gesagt, Liebe hänge nicht vom Alter ab. Das ist gut so; es besteht also die Chance, dass die Liebe anhält. Übrigens: Jede Stunde, die ich mit Oskar zusammen bin, erreicht mühelos die 10 auf meiner persönlichen Werteskala. Ist das nicht fantastisch?

Wir sind jetzt vier Freunde: Jenny und Lukas, Oskar und ich. Das ist einwandfrei, weil wir gemeinsam viel unternehmen können. Ich freue mich auf den Sommer!

Punkt zwei: Dein Name

Deine Mails, vor allem die Geschichten über Rudolph das rotnasige Rentier (den Rüpel), waren echt witzig, obwohl sie natürlich voll Fantasy waren. Deine Ideen möchte ich haben!

Ich fand's auch cool, dass Du mir (und Jenny) Deinen richtigen Namen verheimlichen konntest. Aber damit ist jetzt Schluss. Ich lasse mich nicht für dumm verkaufen; also:

WIE HEISST DU?

Die Antwort bist Du mir schuldig.

Mathilde

Ich schickte die Mail ab, zog mich an und überlegte, ob ich Oskars Mütze häkeln (die für den Opa war fertig) oder lieber das Sonntagsfrühstück zubereiten sollte.

Ich entschied mich fürs Frühstück; dabei würde ich den PC im Auge behalten; könnte ja sein, dass der Nikolaus sofort antwortete.

Und so war es auch.

Liebe Mathilde,

wie oft soll ich's denn noch sagen? Ich heiße Nikolaus – kurz: Niklas.

Das ist die volle Wahrheit.

Noch ein Wort zu Deinem Freund.

Ich kenne natürlich Deinen Bruder Olli und Euren Cousin Markus. Die Jungs sind cool und witzig – ich meine, die Idee, Knallfrösche im Papierkorb unterm Lehrertisch der Frau Kotzenhöfer explodieren zu lassen, hat was. Allerdings: Was wäre gewesen, wenn das Papier Feuer gefangen hätte? Hätte dann die Feuerwehr ein zweites Mal ausrücken müssen? Das ist die Frage …

Ich fand's auch cool, dass sie Sarah nicht verpfiffen haben.

Weißt Du eigentlich, dass Dein Olli heimlich Unterricht in Kickboxen nimmt? Er will so supertoll werden wie Asterix. Der ist sein Held.

Das finde ich witzig und cool zugleich.

Aber Dein Freund ist fünfzehn. In diesem Alter deponiert man keine Knallfrösche mehr im Papierkorb. Da ist man auf andere Weise cool

Für dich
Für dich
Frohes Fest

Frohes Fest
Für dich

und witzig. Zum Beispiel, indem man über den Alltag mit Knecht Ruprecht und den Rentieren schreibt. Du nennst das Fantasy; als Nikolaus lebe ich in meiner Nikolaus-Welt. Ich hatte gehofft, dass Du daran Anteil nimmst. Verstehst Du das?

Ich bin sehr verliebt in Dich, Mathilde!

Dein Niklas/Nikolaus

Ich war fassungslos.

Woher wusste der Mailschreiber, dass Olli *Asterix und Obelix* las? Dass er zum Kickbox-Unterricht ging? Das wusste ja nicht mal ich!

Woher wusste er von den Knallfröschen? Von Sarah? Von Kotzenhöfer?

Und warum schrieb er *Ich bin sehr verliebt in Dich, Mathilde*?

Ich musste unbedingt mit Jenny sprechen – das war lebensnotwendig! Ich schickte ihr eine SMS. Die Antwort ließ auf sich warten – klar, Jenny hatte keinen kleinen Bruder, der sie sonntags um sechs weckte. Meine Freundin schlief aus; vor neun, zehn stand sie nicht auf.

Auch meine Familie beeilte sich nicht. Erst als der Kaffeeduft durchs Haus zog, als ich die vier Kerzen am Adventskranz angezündet, die Eier gekocht, den Stollen und das Brot aufgeschnitten, die Marmelade, Nutella und den Honig auf den Tisch gestellt hatte, tappten sie aus den Schlafzimmern. Statt sich zu bedanken – das war echt die Höhe –, beschwerten sie sich über das frühe Aufstehen.

Nur Opa fand was Gutes daran und meinte, seine Lilli würde bestimmt schon auf ihn warten.

Nach dem Frühstück verzog ich mich in mein Zimmer, legte das Handy neben mich und häkelte Oskars Mütze.

Gegen elf kam Jennys Antwort. *Meine Eltern sind weg, bin allein, komm zu mir.*

Die Mails hatte ich natürlich ausgedruckt. Ich stopfte sie zum Häkelzeug in den Beutel, raste runter, sagte: »Muss zu Jenny – Weihnachtsgeheimnis!«, und war weg.

In ihrem Zimmer hielt ich ihr die Mails vor die Nase.

»Uiuiui! Der Nikolaus ist SEHR verliebt in dich, Mathilde. Was sagt uns das?«

»Er kennt mich. Dich auch, Jenny. Er weiß Bescheid: über Olli, über Oskar. Sogar das mit Sarah hat er mitbekommen.«

Wir häkelten. Morgen mussten die Mützen fertig unterm Baum liegen.

»Also?«

Ich warf den Mails einen bösen Blick zu. »Es ist jemand, der oft mit uns zusammen ist.«

Jenny grinste. »Aha. Wer ist oft mit uns zusammen?«

»Na, Lukas und ...« Mir wurde ganz kalt. Ich ließ die Häkelnadel sinken. »Das ist jetzt nicht wahr, oder?«

»Hast du's endlich kapiert?«, fragte Jenny. Sie stellte die Frage so cool wie nur was. »Hat lange gedauert, muss ich sagen.«

Mein Herz klopfte wie wild. »Seit wann weißt du es?«

»Och ... schon 'ne ganze Weile.«

»Und du hast mir nichts gesagt? Hast zugesehen, wie ich mich zum Affen mache? ›Lieber Nikolaus, ich danke Dir für deine Mail ...‹ Warum hast du geschwiegen?«

»Weil«, sie wickelte Wolle ab, »er es so wollte.«

»ER? Lukas etwa?«

»Wie kommst du denn darauf! Lukas weiß von nichts. Oskar natürlich.«

23. Dezember

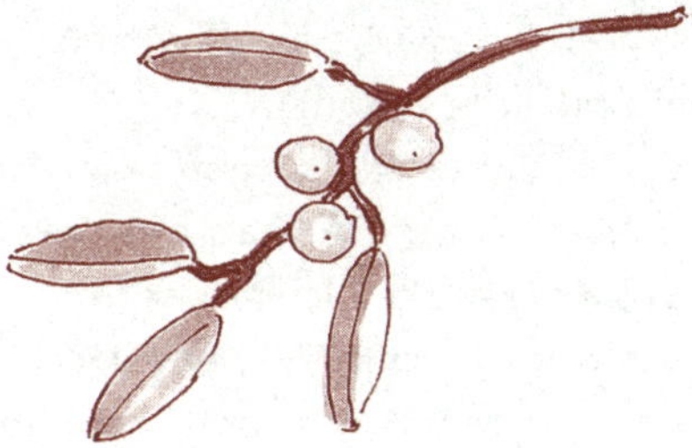

Fassungslos starrte ich meine Freundin an.

»Du hast dich mit Oskar über mich unterhalten? Hast du ihm etwa auch weiterhin Mails geschrieben?«

»Ne. Nur gelegentlich.«

»Mensch ...« Mir fehlten die Worte. »Du Biest!«, fauchte ich. »Bist mir eine wahre Freundin. Intrigierst hinter meinem Rücken, schaust seelenruhig zu, wie mich einer an der Nase herumführt. Und der eine«, heulte ich auf, »war mein Freund!«

»Oskar IST dein Freund«, sagte Jenny ruhig. »Kapier das endlich, du Nuss.«

»Der kann mir gestohlen bleiben! Auf den pfeiff ich! Den schick ich in die Wüste! Und dich gleich mit!«

»War doch nur ein Spaß. Nimm's locker, Mathilde.«

»Du hast mich hintergangen! Anstatt zu mir zu halten, hast du dich mit Oskar zusammengetan! Ich fass es nicht. Ich fass es wirklich nicht. Ich dachte, du wärst meine Freundin.«

Ich raffte die Mails zusammen, stopfte sie mitsamt dem Häkelzeug in den Beutel, packte meine Jacke und rannte zur Haustür. Das war ja das Letzte! Meine Freundin hatte mich nach Strich und Faden verraten. Ich blieb stehen. Rannte zurück in ihr Zimmer. »Jenny, wir hätten das Spiel zusammen spielen können: du und ich gegen Oskar. Nicht: du und er gegen mich.«

»Wieso das denn? Hätte das Sinn gemacht? Du hast dich doch in ihn verliebt.«

»Na und?« Ich machte einen weiteren Schritt auf sie zu. »Sag mir nur noch eins, Jenny: Warum hat Oskar ÜBERHAUPT den Nikolaus gespielt?«

»Na, weil ...« Jenny klappte den Mund zu. »Du kapierst wirklich gar nichts. Frag ihn doch selbst!«

Ich schmiss ihr den Beutel mit dem Häkelzeug vor die Füße und schrie: »Genau das hab ich vor!«

Ohne was zu sehen rannte ich die Straße entlang. Oskar. Mein Freund Oskar war der Nikolaus! Ich Depp hatte dem »Nikolaus« vorgeschwärmt, wie toll mein Freund doch war, wie sehr ich mich in ihn verliebt hatte! Hatte er gefeixt: Super, das hab ich toll hingekriegt?! Bestimmt hatte er über mich gelacht. Mir wurde richtig übel. Ich schämte mich. Mein Gott, was hatte ich mich doch blamiert!

Alles, was ich dachte und fühlte, hatte der Nikolaus mir entlockt. Hatte mit meinen Gefühlen gespielt. Hatte seine Absichten in Geschichten über den blöden Rudolph, das depperte Rentier, verpackt. Und Jenny hatte den Nerv, zu sagen: Nimm's locker, Mathilde!

Ich blieb abrupt stehen. Wenn ich genau das tun würde? Die Sache locker nehmen? Das Ganze als Witz abtun?

Ich stopfte die Hände in die Taschen, drehte um und ging in eine Nebenstraße, die von Oskars Haus wegführte. Ich musste nachdenken.

Eins war sicher. Ich hatte mich täuschen lassen. Hätte längst draufkommen können, wer die Mails schrieb. Ich war blind gewesen. Vielleicht hatte ich ja unabsichtlich-absichtlich die Augen vor dem Offensichtlichen verschlossen.

Konnte sein, konnte auch nicht sein, auf jeden Fall war's ein Fehler gewesen. Mein Fehler.

Blieb die Frage, die Jenny und ich schon mal gestellt hatten: Warum war Oskar nicht den geraden Weg gegangen? Hör zu, Mathilde, ich hab mich in dich verliebt – das wäre doch das Normalste der Welt gewesen!

Warum der Umweg?

Ich gab mir die Antwort selbst: Weil er meinen Wunschzettel gelesen hatte.

Wie konnte das geschehen? Nein, die Frage war unwesentlich; er war eben drangekommen. Basta.

Und dann?

Nutzte er ihn.

Warum?

Weil er ein lustiges Spielchen spielen wollte?

Mathilde, sagte ich mir, so brutal ist der Kerl nicht. Vielleicht war's zu Beginn ja ein Witz, aber hatte er nicht in seiner letzten Mail geschrieben: »Ich bin sehr verliebt in dich«?

Und, nicht zu vergessen – ich biss mir auf die Lippe – die Küsse

waren echt gewesen. Trotzdem hatte er mich angelogen. Er hieß Oskar. Nicht Nikolaus. Oder Niklas, wie er geschrieben hatte. Das sei die reine Wahrheit! Schon klar …

Obwohl. Ich selbst hatte zwei Vornamen. Mathilde und Clara.

Was, wenn Oskar auch einen zweiten Vornamen hatte? Niklas zum Beispiel? Wäre ja möglich.

Aber nicht sicher.

Sein Nachname war Esser. Oskar Niklas Esser. Plötzlich erinnerte ich mich an seine Mailadresse: ONE. Das konnten, dachte ich weiter, die Anfangsbuchstaben sein. Okay. Könnten sein. Waren sie es? Wie konnte ich das herausfinden? Seine Eltern fragen? Blödsinn. Ausgeschlossen.

Wen dann? Seinen Klassenlehrer? Wie hieß der noch mal? Ach ja, Herr Müller. Jeder Klassenlehrer hatte Listen mit den Namen seiner Schüler. Einschließlich dem Jahr und Ort der Geburt. Dem Wohnort, den Namen der Eltern und so weiter und so fort. Wusste ich von meinem Vater.

Half mir das weiter? Zunächst einmal ging ich nach Hause und grübelte den ganzen Adventssonntag weiter.

Am nächsten Tag war ich entschlossen. Es war Montag, der erste Ferientag. Morgen war Heiligabend. Heiligabend feierte man mit der Familie, also war Herr Müller ziemlich sicher zu Hause. Es sei denn, er kaufte Geschenke ein. Oder den Festtagsbraten. Oder ein Teil seiner Familie wohnte ganz woanders und dieses Jahr wurde dort gefeiert …

Ich wusste, wo er wohnte. Sollte ich zu ihm gehen? Warum nicht? Er würde zwar erstaunt sein, würde die Frage nicht verstehen, aber … aber alles war besser als diese Unsicherheit.

Kurz entschlossen ging ich los.

In einer Kleinstadt waren die Wege kurz. Nur wenige Minuten später klingelte ich bei Oskars Klassenlehrer.

Er machte die Tür auf. »Mathilde?«

»Sorry, dass ich Sie in den Ferien störe. Ich hab nur eine Frage. Ich weiß, dass Sie die komisch finden werden. Macht nichts; Ihre Antwort ist wichtig.«

»Ja? Dann schieß los. Worum geht's denn?«

Ich nahm meinen ganzen Mut zusammen. »Sie sind der Klassenlehrer von Oskar Esser, richtig?«

»Stimmt«, bestätigte er verdutzt.

»Hat Oskar einen zweiten Vornamen?«

»Einen zweiten Vornamen?« Wie befürchtet starrte er mich an, als sei ich nicht bei Trost.

»Genau.« Ich hielt den Atem an. »Hat er einen?«

»Hm.« Er runzelte die Stirn und legte den Kopf schief. »Hat Oskar was angestellt?«

»Ja«, antwortete ich entschieden. »Deshalb muss ich wissen, ob er einen zweiten Vornamen hat. Und wie er lautet.«

»Du liebe Güte! Er wird doch hoffentlich nicht von der Polizei gesucht? Der Oskar! Dem traue ich nichts Böses zu, Mathilde, obwohl du behauptest, er habe etwas angestellt.«

»Es handelt sich um eine rein private Angelegenheit.« Ich sah, wie unschlüssig Herr Müller war. »Nicht um einen Fall für die Polizei. Ganz im Gegenteil. Es handelt sich um …« Ich schluckte. Die richtige, die ehrliche Antwort wäre gewesen: Es handelt sich um mein Glück oder Unglück. Aber das kam mir nicht über die Lippen.

Trotzdem musste mir Herr Müller meine Verzweiflung angesehen haben, denn er machte die Tür ganz weit auf. »Komm mal rein, Mathilde. Ich muss nachsehen.«

Im Flur lehnte der Christbaum in einer Ecke, Gummistiefel und Hausschuhe lagen in einem Haufen neben der Tür. Es duftete nach Zimt und Nelken und aus dem Radio tönte der Song von Rudolph, the Red-nosed Reindeer.

Ausgerechnet. Als würde es keine anderen Weihnachtslieder geben!

In Herrn Müllers Studierzimmer sah es so aus wie bei meinem Pa. Bücher, Bücher und nochmals Bücher. Stapel von Heften. Er nahm einen Ordner aus dem Regal neben seinem Schreibtisch. Schlug ihn auf. Blätterte. Fuhr mit dem Zeigefinger eine Liste entlang. Sah hoch. »Du weißt, dass Daten nicht weitergegeben werden dürfen?«

»Oskar Esser heißt Oskar Esser. Ich will ja nicht seine Noten wissen. Mir geht es nur um seinen zweiten Vornamen, Herr Müller.«

»Der dir so wichtig ist, dass du am Tag vor Heiligabend zu mir in die Wohnung kommst? Das klingt ja nach einer Angelegenheit, einer privaten Angelegenheit, wohlgemerkt, bei der es um Leben oder Tod geht.«

»Genau darum geht es«, bestätigte ich ernst.

»Du könntest seine Eltern fragen. Oder, besser noch, ihn selbst.«

»Das hab ich mir auch überlegt. Ich fand es aber klüger, zu Ihnen zu kommen.«

»Soso. Weil du dachtest, du könntest mir um den Bart gehen?«

Ich lächelte kein bisschen. »Nein. Weil ich dachte, Sie könnten eine lebenswichtige von einer blöden Frage unterscheiden.«

Herr Müller war anders als die Kotzenhöfer. Die hätte ein Theater gemacht und mir die Tür vor der Nase zugeschlagen. Oskars Klassenlehrer dagegen sagte: »Versprich mir, dass du keinen Blödsinn anstellst, Mathilde.«

»Versprochen.«

»Dann … also der zweite Vorname von Oskar lautet …« Er zögerte.

»Niklas?«, platzte es aus mir heraus.

Müller hob die Augenbrauen. »Warum fragst du, wenn du den Namen schon kennst?«

»Es ging mir um …«

»Sicherheit?«

»Genau. Um Sicherheit.«

»Die du jetzt hast?«

»Ja.« Ich reichte ihm die Hand. »Fröhliche Weihnachten, Herr Müller. Und vielen Dank auch.«

Und jetzt?, fragte ich mich, als ich wieder auf der Straße stand. Keine Ahnung. Eigentlich hätte ich ja glücklich sein können. War ich aber nicht.

Gut. Eins wusste ich sicher: Oskar Niklas Esser war der Mailschreiber. Hatte Nikolaus gespielt. Hatte mit meiner besten Freundin ein Geheimnis geteilt.

Blieb immer noch die Frage …

Es schneite schon wieder. Die Leute hasteten mit eingezogenen Köpfen durch die Straßen, die Autos schlichen mit eingeschalteten Scheinwerfern und Scheibenwischer über die glatte Fahrbahn, über den Straßen und entlang der Giebel der Häuser spannten sich Lichterbögen, die Bäume in den Vorgärten waren mit leuchtenden Lämpchen geschmückt, an vielen Fenstern hingen bunte Sterne, und über den meisten Türen war ein Mistelzweig befestigt.

Vor Wochen hatte Oskar meiner Tante Silvie einen solchen Zweig mitgebracht. Leni hatte behauptet, den habe er stibitzt. Hatte Oskar ihn tatsächlich wieder an den Haken zurückgehängt? Oder hatte er das vergessen? Du lieber Himmel, wie lange das her war! Damals war Oskar einfach ein Junge gewesen, den ich mein ganzes Leben lang gekannt hatte. Jetzt war ich in ihn verliebt und – völlig ratlos.

Tief in Gedanken versunken wich ich einer Frau mit zwei voll bepackten Einkaufstaschen aus und – rempelte in meinen Opa. »Was machst du denn hier?«

»Einkaufen. Mir fehlt ein Geschenk für Lilli. Kannst du mir einen Rat geben?«

24. Dezember

Heute war Heiligabend und wie immer feierten wir ein sehr gemütliches Fest.

Wir waren in der Kirche gewesen und noch nie zuvor hatte ich so laut *Oh du fröhliche, oh du selige Weihnachtszeit* geschmettert.

Wieder zu Hause erstrahlte unser Christbaum im Schein der Kerzen. Opa hatte auf Lametta und goldene Kugeln bestanden und auf der Spitze prangte ein leuchtender Stern. Wir aßen Truthahn mit Kastanien und Rotkraut und dann Stollen und Plätzchen bis zum Abwinken. Danach machten wir Bescherung. Die Mützen für Opa und Pa kamen gut an und passten einwandfrei, und Ma lachte ganz fürchterlich über die *Hundert Tipps für die Zeit, in der Ihre Tochter eine andere Mutter sucht* und fragte, ob's nicht auch ein Buch geben würde mit dem Titel *Hundert Tipps für die Zeit, in der Sie eine andere Tochter suchen*. Auch ich bekam (fast) alles, was ich mir gewünscht hatte, sowie ein paar Geschenke zusätzlich. Einen von Jenny gehäkelten Schal zum Beispiel, über den ich mich sehr freute. Aber das tollste Geschenk hatte mir Opa am 23. Dezember gemacht.

Als ich ihn nämlich gestern in der Stadt traf und er auf der Suche nach einem Geschenk für seine Freundin Lilli war, waren meine Gedanken noch bei Oskar, und ich fragte mich wieder mal, weshalb er nicht einfach gesagt hatte: Hey, Mathilde, ich bin in dich verliebt!

Doch alles war besser, als immer nur zu grübeln, deshalb begleitete ich Opa ins Kaufhaus. Es war das einzige in unserer kleinen Stadt, hat aber eine große Auswahl an allem, was man so brauchte – angefangen von Kochtöpfen über Skischuhe bis zu Kosmetik und Spielzeug fand man dort alles. Im obersten Stock gab es ein Café, und nachdem wir für Lilli ein Buch, eine große Schachtel Pralinen und eine sehr hübsche rote Kerze mit angeklebten braunen Rentierköpfen gekauft hatten, lud Opa mich zu einem »Kakao« ein.

»Opa, heute trinkt man entweder eine heiße Schokolade oder eine Caffé latte«, klärte ich ihn auf.

»Igitt! Einen Milchkaffee, meinst du? Das ist nichts für mich. In meiner Jugend war das was für kleine Kinder. Aber gut, du bekommst deine Caffé latte, Mathilde. Ich nehme ein Kännchen normalen Kaffee. Ohne Milch, aber mit Zucker.«

Wir warteten. Opa guckte mich verstohlen an, was ich natürlich merkte, und auf einmal sagte er: »Spuck's aus, Mathilde. Was ist los mit dir?«

Am Nebentisch saß ein Pärchen, das sich ausdauernd küsste. Ich schaute in die andere Richtung. »Sag mal, Opa. Du bist ein Mann und hast schon viele Jahre gelebt. Da hast du doch Erfahrungen gesammelt. Als Mann, meine ich.«

Er nickte. »Stimmt. Gute und schlechte Erfahrungen waren das.«

»Du warst auch verheiratet, bis Oma vor drei Jahren gestorben ist, und jetzt bist du in Lilli verliebt.«

»Stimmt auch«, bestätigte er.

»Wie war das denn? Hast du Oma und Lilli irgendwann einfach gesagt: ›Hey, ich bin in dich verliebt‹?«

»N...nicht direkt mit diesen Worten. Aber es lief darauf hinaus.«

»Gut. Du bist also nicht rumgeeiert. Hast keinen Umweg gemacht, oder?«

Er rieb sich die Nase – also von ihm hatte das meine Ma! Interessant. »Warum hätte ich einen Umweg machen sollen?«, fragte er verwundert. »Der wäre bestimmt nicht besonders zielführend gewesen.«

»Genau das ist meine Frage, Opa. Warum sagt ein Junge nicht einfach: ›Hey, ich bin in dich verliebt‹?«

Opa schenkte sich die zweite Tasse ein und rieb sich ausdauernd die Nase.

»Du rubbelst die Haut ab«, warnte ich ihn. »Lass das.«

»Ich mach das, weil die Frage nicht einfach zu beantworten ist«, verteidigte er das Rubbeln. »Tja, weshalb? Er könnte jünger sein als das Mädchen.«

»Ist er nicht.«

»Er könnte viel älter sein.«

»Ist er auch nicht.«

»Ärmer oder reicher vielleicht?«

»Nein.«

»Sieht er abstoßend aus? Schielt er? Aber nein, das kann man heilen.«

»Er schielt nicht.«

»Handelt es sich um das schönste Mädchen der Schule? Um das, hinter dem alle Jungs her sind?«

»Sie ist«, ich schluckte, »ganz normal.«

»Vielleicht laufen ja alle Mädchen dem Jungen hinterher … aber nein, das macht auch keinen Sinn.«

»Viele schwärmen für ihn«, sagte ich leise.

»Aha. Wenn er das Umschwärmtsein gewöhnt ist und es genießt, sollte er eigentlich genügend Selbstbewusstsein besitzen, um einem Mädchen zu gestehen, dass er in sie verliebt ist. Es sei denn, es gibt einen Grund, das nicht zu tun …«

»Genau den Grund suche ich ja, Opa.« Die zwei Dauerküsser am Nebentisch störten mich furchtbar.

Ich dachte schon, Opa hätte mich nicht verstanden, denn er schwieg sehr lange. »Du bist also das Mädchen«, sagte er schließlich. »Ist Oskar der Junge, der den Umweg wählte? Was genau muss ich darunter verstehen, unter dem Umweg?«

»Ach, Opa, das ist eine lange Geschichte.«

»Macht nichts, wir haben Zeit. Möchtest du noch einen schlabbrigen Milchkaffee? Ich rate dir zu einer heißen Schokolade mit Sahne.«

»Ich nehme die heiße Schoko.«

Er lächelte mich an. »Eine gute Wahl, Mathilde. Also, wo waren wir stehen geblieben? Bei deiner langen Geschichte. Ich höre.«

Ich erzählte und erzählte. Danach sagte Opa erst mal nichts, bis er einen langen Seufzer ausstieß und meinte: »Ich fasse mal deinen Bericht zusammen. Du, liebe Mathilde, hast einen Wunschzettel geschrieben, der auf noch nicht geklärte Weise einem Unbekannten in die Hände fiel, worauf dieser dir eine Mail schrieb, er sei der Nikolaus und könne als solcher deinen Wunsch, einen Freund nämlich, erfüllen. Richtig so weit?«

»Richtig.«

»Gut. Eine Mail führte zur anderen. Irgendwann meintest du dann, du hättest dich in den Nikolaus verliebt, hast dann aber festgestellt, dass du in Oskar verliebt bist. Du hast versucht, dies dem

Nikolaus klarzumachen, worauf er dir mailte: ›Ich bin sehr verliebt in Dich, Mathilde.‹ Stimmt das?«

»J… ja. Eigentlich schon.«

Opa nickte. »Daraufhin erhärtete sich dein Verdacht, Oskar könne der geheimnisvolle Nikolaus sein. Jetzt weißt du, dass er es ist. Nun fragst du dich, weshalb der Junge diesen ›Umweg‹ über die Mails wählte. Das kann ich dir sagen, Mathilde: Er hatte dieselben Bedenken wie du.«

»Opa –!«

»Warte, lass mich ausreden. Oskar hatte Bedenken. Anfangs ist jeder Mann und jeder Junge unsicher. Er überlegt: Bin ich verliebt? Oder glaube ich das nur? Dazu kommt, dass der Junge, der einem Mädchen seine Liebe gesteht, ja nicht weiß, ob sie ihn abblitzen lässt. Kurz: Er könnte sich bis auf die Knochen blamieren. Wer will das schon? Eine Liebeserklärung ist immer ein Risiko.« Opa blickte versonnen in seine Kaffeetasse. »Ich erinnere mich… Aber meine Erinnerungen interessieren dich nicht, Mathilde. Also… Um das Risiko zu vermindern, verfiel Oskar auf einen genialen Trick: Er brachte dich dazu, dem ›Nikolaus‹ zu schildern, wie sehr du in Oskar verliebt bist. Ehrlich gesagt, Mathilde, die Idee war eine Glanzleistung.«

»Wie bitte?«, rief ich empört. »Das war nur fies! Mit meinen Liebeserklärungen habe ich mich blamiert bis in alle Ewigkeit!«

»Im Gegenteil. Damit hast du Oskar die Sicherheit gegeben, die er brauchte. Nur leider brachten ihn deine Mails in eine verzwickte Lage. Er traute sich nicht zu sagen: ›Hey, ich bin Oskar und der Nikolaus bin ich auch.‹«

»Das verstehe ich ja!«, rief ich. »Aber –«

»Du hast das Problem für ihn gelöst, Mathilde.« Opa legte seine runzlige Hand auf meine. »Wie geht's jetzt weiter?«

»Moment mal«, protestierte ich. »Jenny und Oskar haben gemeinsame Sache gegen mich gemacht. Was sagst du dazu?«

»Du solltest das nicht überbewerten; das war nicht beabsichtigt«, sagte er cool und wiederholte: »Wie geht es jetzt weiter, Mathilde?«

»Keine Ahnung.« Ich trank den letzten Schluck der Schokolade,

die längst kalt geworden war. Dann kratzte ich den Rest Sahne zusammen. Opa stand auf, legte den Geldbeutel auf den Tisch und sagte: »Bezahlst du schon mal? Ich bin gleich wieder da.«

Ich wartete. Die Bedienung kam, ich gab ihr das Geld und wartete weiter. Opa ließ sich Zeit.

Seine Erklärungen waren schön und gut, und ich glaubte ihm ja auch, aber eine Hilfe waren sie mir nicht. Zum Beispiel hatte ich keinen blassen Dunst, wie ich die Kurve kriegen könnte. Es käme nicht gut rüber, wenn ich sagen würde: Du hast echt toll Katz und Maus mit mir gespielt. Oder: Du hättest dich mit Jenny nicht verbünden müssen. Oder, weil die Fantasy-Geschichten ganz nett waren: Aufsatz gut – Mut ungenügend. Ne, das klang dann doch zu sehr nach Frau Kotzenhöfer.

Verdammt! Warum war das Leben so kompliziert?

Opa kam zurück und steckte den Geldbeutel ein. »Begleitest du mich zu Lilli? Sie wohnt gleich um die Ecke, und ich wäre dir dankbar, wenn du mir helfen würdest, ein paar Tüten zu tragen. Ich bin nicht mehr der Kräftigste, Mathilde.«

Ein Buch, eine große Schachtel Pralinen und eine rote Kerze überforderten seine Kräfte!? »Opa, du spinnst. Aber ich begleite dich trotzdem.«

Er war ziemlich tüttelig. Blieb immer wieder stehen, schaute sich da einen Kochtopf und hier ein Paar Handschuhe an, bis ich ungeduldig wurde. »Komm schon, Opa. Du kannst doch deine Freundin nicht warten lassen!«

»Hast ja recht, Mathildchen«, meinte er, beeilte sich aber trotzdem nicht. Auf der Straße machte er kleine Trippelschritte, blieb vor jedem Schaufenster stehen und schnaufte heftig und laut. Ich nahm seine Hand, weil ich mir Sorgen um ihn machte. »Ist was? Geht's dir nicht gut?«

»Das wird sich zeigen.« Dann lachte er, wobei sich sein Gesicht in tausend Falten legte. »Kennst du den, der uns entgegenkommt?« Er drückte meine Hand, dann ließ er sie los. »Jetzt brauchst du mich nicht mehr, Mathilde.«

Ich fühlte mich so überrumpelt, dass ich mich an keine einzige

Frage erinnerte. Fragen waren auch nicht mehr wichtig. Wie zwei Schlafwandler gingen Oskar und ich durch die verschneiten Straßen, und irgendwann landeten wir im Park unter »unserem« Baum, wo uns geschätzte hundert Jahre später der Mann mit seinem schnüffelnden und bellenden Köter daran erinnerte, dass es Zeit wäre, nach Hause zu gehen, andernfalls würden wir noch eingeschneit.

Eins musste ich sagen: Wenn Weihnachten und Verliebtsein zusammenfiel, reichte keine Skala aus, um die Pluswerte anzuzeigen. Dann sang man nicht einfach *Oh du fröhliche*, dann schmetterte man das Lied lauter als jeder Engel.

Sissi Flegel

Engelskuss und Weihnachtstraum – Eine Liebesgeschichte in 24 Kapiteln

ca. 296 Seiten, ISBN 978-3-570-40310-5

Ein Weihnachtsmusical – das wird die Sensation! Mirja soll die Maria spielen, doch Klassenqueen Lilli ist das ein Dorn im Auge und sie beschließt, ihrer Konkurrentin eins auszuwischen. Aber dank Nebendarsteller Yasin kommt alles anders und Mirja erlebt nicht nur als Maria ein Fest der Liebe. Mit perforierten Seiten zum Auftrennen.

40292

cbj

www.cbj-verlag.de

Sissi Flegel

Weihnachtsglanz und Liebeszauber

ca. 296 Seiten, ISBN 978-3-570-40252-8

Für die unkomplizierte Ally gibt's nichts Schöneres als Reiten und Stallarbeit – bis kurz vor Weihnachten der schnuckelige Jan in die Nachbarschaft zieht. Ally ist hin und weg, ebenso wie ihre schöne Schwester Rese. Da hat Ally natürlich keine Chance mehr bei Jan – oder ...? Plötzlich passieren seltsame Dinge auf dem Reiterhof ihrer Familie: Eine Lichterkette verschwindet und Weihnachtsgebäck fehlt! Prompt starten Jan und Ally eine Suchaktion durch den Schnee – und kommen sich dabei immer näher ... bis es an Heiligabend eine Riesenüberraschung gibt!

40216

www.cbj-verlag.de

Für dich
Für dich
Frohes Fest

Frohes Fest
Für dich